dtv

Reihe Hanser

WACHE AUGEN KÖNNEN
IN DIESEM BUCH 84
TOPFPFLANZEN AUS-
MACHEN! FINDE SIE
ALLE UND MARKIERE
JEDE GEFUNDENE
PFLANZE HIER UND
AM ENDE DES BUCHES.

Maulina muss die Trennung ihrer Eltern verdauen, einen Umzug über sich ergehen lassen und sich an ihrer neuen Schule zurechtfinden. Sie und ihre Mutter sind aus »Mauldawien« ausgezogen und haben »den Mann« – Maulinas Vater – zurückgelassen, auf den sich Maulinas ganze Wut richtet. Und wenn Maulina wütend ist, bleibt kein Stein auf dem anderen. Warum muss alles nur so kompliziert sein?

Finn-Ole Heinrich, 1982 bei Hamburg geboren, studierte Film und bildende Kunst in Hannover. Er lebt und arbeitet seit 2009 als freier Autor in Hamburg und in Frankreich. 2011 erschien sein erstes Kinderbuch »Frerk, du Zwerg!«, das 2012 mit dem Deutschen Jugendliteraturpreis ausgezeichnet wurde. Für seine »Maulina«-Bücher wurde er mit dem Luchs des Jahres von DIE ZEIT und Radio Bremen geehrt.

Rán Flygenring, geboren 1987, studierte Buchgestaltung in Reykjavík, Basel und Berlin und ist Absolventin der Iceland Academy of the Arts. Sie illustriert u. a. Kinderbücher, trainiert Pferde und wohnt in Reykjavík, Island.

FINN-OLE HEINRICH
RÁN FLYGENRING

Die erstaunlichen Abenteuer der EINZIGARTIGEN, UNGEWÖHNLICH SPEKTAKULÄREN, GRENZENLOS MIRAKULÖSEN MAULINA SCHMITT

MEIN KAPUTTES KÖNIGREICH

dtv

MAULDAWIEN

1. Kapitel
Es war einmal

ES WAR EINMAL,
DA HATTEN WIR NOCH ALLES.

DAS LÄNGSTE FRÜHSTÜCK DER WELT:

Es war einmal, da hatten wir noch alles.
Eine Wohnung im vierten Stock, darüber nur der dunkle, etwas gruselige Dachboden, wo der Staub den ganzen Tag von Lichtstrahl zu Lichtstrahl tanzte und wahrscheinlich auch in der Nacht durch die Dunkelheit, wo die Tauben und die Mäuse und die Geister und die Monster miteinander kämpften, wem hier was gehörte, wer hier wohl der Chef war. Wenn ich nicht schlafen konnte, hörte ich die kleinen Schritte, das Schlurfen, Gurren, Flattern und Landen, das Huschen und Bumpern, Rangeln, Rollen und Tollen, dann die Stille des Staubs.
Wir hatten vier Zimmer und meins war das größte, weil ich die kleinste war und noch am meisten Platz zum Wachsen brauchte, klare Sache.
Wir hatten einen gefräßigen Holzfußboden mit mampfenden Rillen zwischen den alten Dielen, dort verschwanden Stecknadeln, Krümel, Fingernägel, Rosinen und tausend kleine Steinchen, wurden verdaut und später als Fussel und Wollmäuse und Staub wieder ausgespuckt.
Wir hatten vierundachtzig Topfpflanzen und einen Balkon mit Erdbeeren und Bilder an den Wänden und unter jedem Tisch geheime Gemälde von einer jungen Künstlerin (ICH!), die eines Tages damit berühmt werden würde.
Wir hatten gemütliche Schlabbersachen am Wochenende und die längsten Frühstücke der Welt und aufgeschlagene Bücher und zerknitterte Zeitungen auf den Heizungen und Fensterbänken, in Schränken und Schubladen, auf dem Fußboden und allen Tischen sowieso und um die Kloschüssel herum auch. Weil Mama immer las, im Liegen und Sitzen

und Stehen, wie normale Leute auch, aber sie las manchmal auch im Gehen und ganz selten sogar auf dem Fahrrad und fast ununterbrochen auf der Arbeit. Zum Glück arbeitete sie in einem wunderschönen kleinen Buchladen und nicht auf einer Baustelle oder einem Bauernhof ...

Wir hatten Holzbalken und Striche im Türrahmen, um mein Wachsen sichtbar zu machen.

Wir hatten bunte Höhlenmalereien an den Tapeten von einem kleinen Mädchen (ICH!), das zwar schon früh wusste, dass es einmal eine Künstlerin werden würde, so früh aber noch nicht wusste, dass man seine Kunstwerke vor seinen Eltern besser versteckt hält.

Wir hatten speckige Lichtschalter und winzige Fliegen im Obst und einen Tischfußballtisch und langweilige Nachbarn, die uns mit ihren dicken Wurstfingern mal zwischen den Fußzehen kratzen durften, bevor sie uns den Buckel runterrutschten.

Wir hatten alle drei Locken, ich sogar rote, bis meine Mutter uns allen die Locken abgemacht hat, erst mir, weil ich beim Kämmen jedes Mal gemault habe wie ein Walross mit Magen-

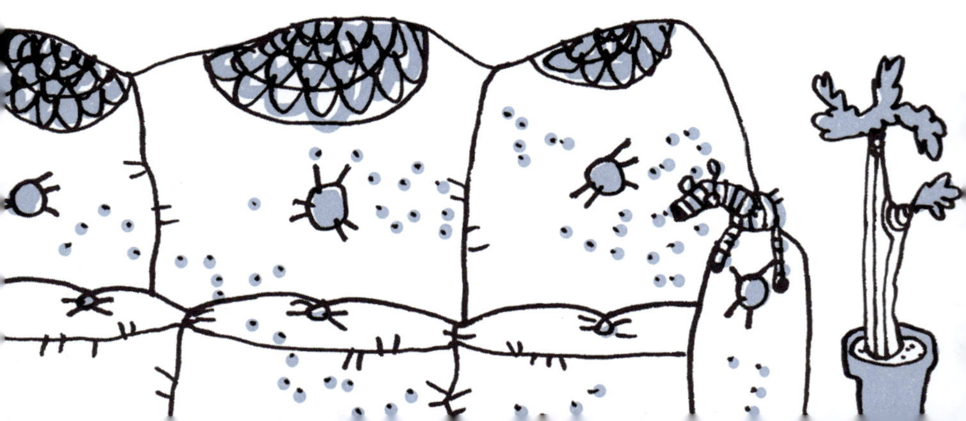

schmerz, dann sich selbst, damit ich nicht alleine ohne Locken war, dann dem Mann, damit er nicht alleine mit Locken war.
Wir hatten tausend Namen für mich und »Maulina« hat das Rennen gemacht, weil ich Paulina heiße und es sich reimt und weil ich das Maulen zur Kunst erhoben habe. Maulen heißt nicht einfach rumstänkern, maulen, das ist eine Lebenseinstellung, aber davon später.
Wir hatten eine Skulptur aus gekauten Kaugummis auf dem Kühlschrank neben der Kaffeemaschine und eine Fußmatte aus Wildschweinborsten und ein Geheimversteck für Popel (hinter dem Bett) und tanzende Schatten von den flackernden Kerzen vor den alten, undichten Fenstern, durch die manchmal ein beruhigendes Pfeifen von Wind ging.

Wir hatten gelbe Glühbirnen und am Morgen zauberhafte Gymnastikaufführungen einer berühmten Gymnastin (ICH!) auf dem großen blau-weißen Sofa hinter dem Küchentisch. Und auf dem Sofa hatten wir ein schwarz-weißes Zebra, es war ein altes Zebra, älter als wir alle zusammen, und es lag auf der blau-weißen Armlehne und blickte von dort gelassen mitten auf unseren schweren, klebrigen Holztisch. Es sagte und machte nicht viel, aber es gehörte dazu, es hatte seinen festen Platz genau in der Mitte dieses bunten Tumults.
Wir hatten Streits mit Schreien und Türenschmeißen und unendlich lauten Kinderhörspielen und Tränen und Wut, auch damals schon.
Wir hatten Gummistiefel und Schmutz und zwei Schildkröten, Lenny und Roy, und okay: Die haben wir immer noch, weil Schildkröten zähe Biester sind und lahmarschig und sich nicht aus der Ruhe bringen lassen von gar nichts und deshalb alt wie Wasser werden können, fast jedenfalls. Und wir hatten einen Innenhof mit einem Gärtner (ICH!) und einem Chef (ICH!) und einem Zirkusdirektor (ICH!) und manchmal Besuch in meinem Garten von den anderen, die in unserem Haus wohnten und auch von meinen Eltern und natürlich von meinen Freunden, die mit mir in dieser Straße, diesem Reich, dem Maulreich wohnten: Julius, Bart, Luise, Mona und Pit.
Wir hatten ein Beet und einen Walnussbaum und einen Birnbaum und eine wuchernde Brombeer-

hecke und eine Höhle, eine Maulhöhle, um genau zu sein. Zuerst war es nur eine Grube, dann wurde die Grube ein Loch und dann bekam das Loch einen Tunnel und wurde abgestützt und dann buddelte der Maulhöhlenmeister (ICH!) in tagelanger Schwerstarbeit ein Zimmer ans Ende des Tunnels, in das man (ICH!) sich mummeln konnte wie ein Maulwurfkleines in seine Maulwurfshöhle. Und über der Erde, im Garten, hatten wir einen alten weißen Klapptisch mit alten weißen Klappstühlen und wir hatten Kaulquappen und Mückenlarven in der Regentonne und einen wilden Kater, der manchmal vorbeischaute und immer neue Narben hatte.
Das war allesalles meins, vom Dach- bis runter zum mit Stroh ausgelegten Maulhöhlenboden. Und ganz besonders die Maulhöhle war meins, denn die war meine Erfindung, ich habe sie selbst gegraben, erst mit den Händen, dann abwechselnd mit einer alten Konservenbüchse und einem Löffel und dann mit einem klitzekleinen Spaten, alles meins. (Mal abgesehen von dem alten Zebra, das Zebra gehört dem Mann. Er hat es von seinem Vater bekommen, als er noch so klein war wie ein Männerfuß. Aber sonst: ALLES MEINS!)
Das alles hatten wir in dieser Wohnung, diesem Haus, dieser Straße, diesem Reich, meinem Reich, genannt Mauldawien, und ich bin die Prinzessin von Mauldawien und zugleich auch der Maulsident.
Es war einmal, da hatten wir Urlaube in Dänemark und Polen, Lachkrämpfe und freitags Pfannkuchen mit Stinkekäse und Himbeermarmelade. Es war einmal: ein Eisfach voller Obst, zwei Schwalbennester über dem Küchenfenster und Streits um die Anschaffung eines Hühnerehepaares, das war einmal.

ES WAR EINMAL,
DA HATTEN WIR NOCH ALLES.
UNS.

MAULDAWIEN

DAS LEBEN IST EIN PFANNKUCHEN
mal salzig
mal süß

2. Kapitel
Es wird einmal

Großvater sagt, das Leben ist ein Pfannekuchen.
Aus dem Waschtag ist ein brummender weißer Kastenautomat geworden, der die Arbeit erledigt (mit Schleudergang, der Großvater jedes Mal zum Glucksen bringt).
Aus dem Plumpsklo im Garten ist ein Thron aus Porzellan geworden, durch den frisches Wasser sprudelt und den stinkenden bösen Onkel einfach wegspült (wohin eigentlich?).
Aus Holzhacken und Kohleschleppen ist eine Heizung geworden, aus Schmerzen eine Tablette, aus schrumpeligen Fingern eine Geschirrspülmaschine, aus Langeweile ein Fernsehgerät, aus Hunger ein schwabbeliger Bauch, aus Zahnlücken ein Gebiss, aus Oma eine Blume, aus ihm selbst ein lachender alter Sack. Aber auch das später.

Aus der Wohnung mit den vier Zimmern, dem Dachboden des Grauens, dem Garten, dem wertvollen, bunten Frühwerk auf den Tapeten und der Straße voller Freunde ist ein mickriges Plastikhaus geworden am anderen Ende der Stadt. Wenn das, was wir hatten, ein Pfannkuchen war, ist davon nur ein fettiger Abdruck auf dem leeren Teller geblieben und ein Rest von Geschmack auf der Zunge. Und jetzt? Ein muffeliges, kleines, quadratisches Haus, das sich zwischen andere muffelige, quadratische Häuser in eine Straße aus kleinen Häusern duckt.

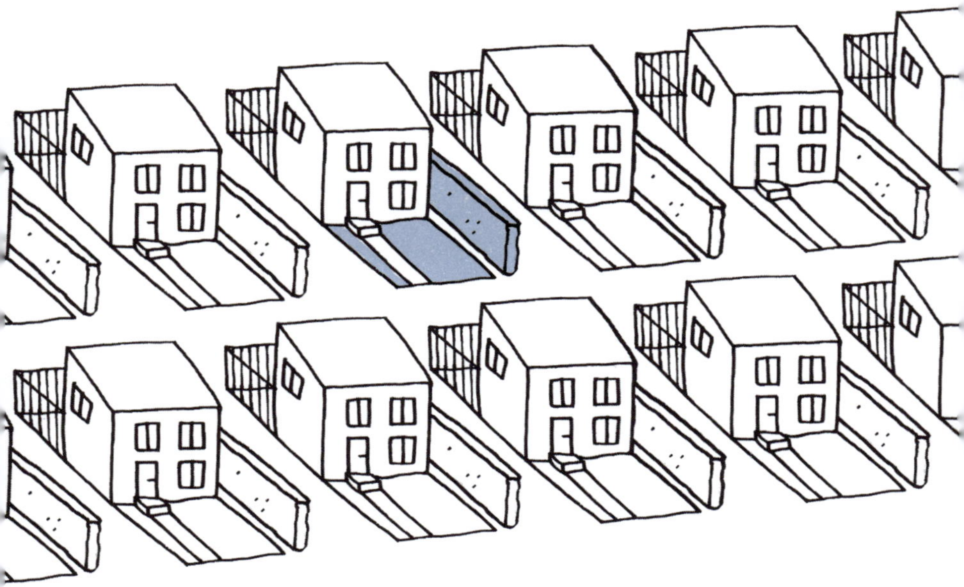

Reihen von omastrumpfhosengelb verkachelten Häusern mit Fenstern aus Plastik, eins wie das andere, alle gleich, als würde hinter jeder Plastikhaustür der gleiche Mensch wohnen. Wenn keine Nummern an den Häusern wären, könnte man sie gar nicht voneinander unterscheiden. Überall Gardinen und strenge Hecken und Zäune.
Gerade tragen Männer mit blauen Hosen und großen Bäuchen Kartons aus brauner Pappe in unsere neue Wohnung. Diese Männer sind Wärter und ich bin ihre Gefangene, ich werde aus der Freiheit Mauldawiens in das Verlies der Rentner und Knackwürste verschoben, Strafmaß maximal. Die blauen Männer verrichten ihre Arbeit, ich möchte schreien und toben, als ich sie unsere Kartons

transportieren sehe. Kartons voller Bücher und Zeitungsartikel und gelber Glühbirnen und Fotos von Urlauben in Dänemark und Polen. Die Männer schwitzen und tragen 84 Topfpflanzen in unsere Zweizimmerwohnung im Erdgeschoss, ich zähle leise mit, zweiundsiebzig, dreiundsiebzig, vierundsiebzig, bald haben sie es erledigt. Danach trinken sie Bier und rauchen und lachen mit meiner Mutter, die einfach dasteht und das alles scheinbar ganz normal findet: dass wir ausziehen aus dem Königreich der Prinzessin von Mauldawien und in dieses Mistloch am anderen Ende unserer Stadt umgepflanzt werden, als sei das eben so. Als zwei der blauen Männer einen Tisch aus dem großen Wagen wuchten, rufe ich ihnen zu, sie sollen es nicht wagen, ihn umzudrehen (die geheimen Kunstwerke!). Sie nicken und gucken wie Mischbrot.

Großvater ist der General für Käse, seine Geschichte und die Geschichte seines Namens erzähle ich noch, sie ist ein bisschen verworren, so wie Opa selbst. Er trägt jeden Tag so eine Art Uniform, die an Irrsinn nicht zu überbieten ist, und wenn meine Augen sich nicht über die Jahre daran gewöhnt hätten, so dass es mir kaum noch auffällt, würde ich wahrscheinlich jedes Mal brüllen vor Lachen, wenn ich ihn sehe. Die Uniform sieht aus, als hätte man einen Soldaten, einen Zirkusdirektor, einen Harzer Käse, einen Jäger und einen uralten Opa mit ziemlich viel Bart in einen großen Topf geworfen, mit dem Pürierstab bearbeitet, in eine Form gegossen und austrocknen lassen. Na ja, so ungefähr jedenfalls. Ich kenne niemanden, der so

aussieht wie der General für Käse, ich kenne auch niemanden, der so tickt.
Deshalb denke ich an den General für Käse, weil es mir meistens guttut, an ihn zu denken. Und weil es mir gerade nicht gut geht, versuche ich an ihn zu denken, damit es mir besser geht. Opa und ich sind wie zwei Magnete, wir stoßen uns ab und ziehen uns an, je nachdem, wie wir gerade zueinander stehen. Wir sind grundverschieden auf eine sehr ähnliche Art und Weise.
Opa sagt: »Du bist genau wie ich, oder: ich war genau wie du, bis ich ein alter Sack geworden bin und endlich kapiert habe, dass es einfach mehr Spaß macht, sich nicht über alles aufzuregen, sondern einfach über alles zu lachen.«
»Nee«, sage ich dann, »das ist doch Quatsch, wenn man nur über alles lacht, dann ändert sich doch nichts.«
»Und«, sagt er dann, »meinst du, wenn du zeterst, maulst und murrst, weil es regnet, dass dann die Sonne rauskommt?«
»Nein«, sage ich, »über das Wetter zu maulen, das bringt meistens nichts.«
»Siehst du«, sagt er. »Der Bus, der dir vor der Nase weggefahren ist, der kommt auch nicht zurück, wenn du dich aufregst, da ist es besser, zu lachen und sich zu freuen, dass man noch zehn Minuten in der Sonne stehen darf und Zeit für ein bisschen Nichts hat.«
»Oder im Regen«, sage ich.
»Oder im Regen«, sagt der General für Käse und lacht und haut mir auf den Rücken, dass ich husten muss. Im

Regen stehen ist mit Lachen im Gesicht auf jeden Fall auch angenehmer als mit Wut im Bauch.
Der einzige Vorteil der neuen Wohnung ist, dass sie näher an Großvaters Wohnung liegt.

3. Kapitel
Ein Witz für Schildkröten

Die Straße ist asphaltiert und kein Kind in Sicht, weit und breit nur Autos und Hecken, gerade und hoch wie grüne Wände. Ab und zu zuckeln alte Frauen mit lila-weißen Haaren über den Fußweg. Der Garten ist ein Witz, leider keiner zum Lachen, sondern einer, der höchstens zum Knurren taugt, ich setze mich mitten hinein und kann, wenn ich mich ausstrecke, beinahe alle Ecken des Gartens

auf einmal berühren. Ich lege Lenny und Roy auf meinen Bauch, glotze in den Himmel und denke, dass das alles wie ein Witz für Schildkröten ist, denn Schildkröten lachen nicht. Höchstens lacht man über Schildkröten, wenn sie sich im Salat verheddern oder umkippen und auf dem Rücken liegen und zappeln, so langsam wie eine Oma mit lila-weißen Haaren, Zeitlupenzappeln.

Der Mann, der mich ins Bett brachte, der passable Pfannkuchen machte und über die Bücher in jedem Zipfel der Wohnung fluchte, der sich immer die Füße am Bettpfosten stieß, der Mann mit dem Namen, den ich nicht mehr ausspreche, der mich Maule Kleine nannte und dem ich am Wochenende beim Fernsehen den Kopf kraulte, der im Nacken nach Milch roch, dieser Mann wohnt noch in der Wohnung mit dem blau-weißen Sofa und den speckigen Lichtschaltern, als ob ein einzelner Mann eine so große Wohnung bräuchte, als ob sie ihm gehörte, als sei er der König von Mauldawien und nicht ich höchstpersönlich (also die Prinzessin).

Und das ist überhaupt die größte Gemeinheit, dass der Mann alles kriegt und wir nur ein Plastikhaus in einer Scheißstraße mit lauter Nachbarn, die sogar zu alt sind, um einem noch schwungvoll den Buckel runterzurutschen. Das verstößt gegen alle Logik, wir sind zu zweit, er ist allein, das gebietet doch die heilige Gerechtigkeit von zwei zu eins, dass er seine Sachen packt und sich vom Acker macht und nicht Mama und ich, das verstehe ich nicht.
Und wenn ich darüber lautstark maule, dann lächelt Mama nur ihr Mama-Lächeln und macht Kakao und sagt, ich solle mich beruhigen, und sie streichelt meinen Kopf und sagt, ich würde mich schon an die neue Wohnung gewöhnen, das sei alles in Ordnung, aber nichts ist in Ordnung, da kann sie eimerweise Kakao kochen, das ist einfach alles so ungerecht und gemein.
Ich liege da und glotze in den Himmel und fühle es kommen: wie der Maul sich breitmacht, dieses Ziehen in den Knien, dieses Kribbeln in der Ferse, wie es pumpt im Nacken, wie es brodelt im Bauch, ich glaub, ich krieg die Wut, der Maul ist im Anmarsch.
Ich höre das Lachen der Umzugsmänner, ich fühle die Schildkrötenbeine auf der Brust, sehe meine geschlossenen Augenlider, blutrot von der Sonne.
Durchatmen, das Beben in mir kontrollieren, ich bin ein Mädchen und die Sonne scheint und ich sage mir: Kakao, Kakao, Kakao. Denn wenn ich jetzt maultiere, kann es sein, dass ich die neue Wohnung zerlege, die biertrinkenden Männer in ihren blauen Anzügen durch das Vor-

gärtchen schleudere, die Hecken zerpflücke und schreie, dass die Bäume sich biegen, die Alarmanlagen der parkenden Autos anspringen, ihre Scheiben zerplatzen und meine Mutter später zu allen Nachbarn gehen muss und ihnen erklären, dass ihre kleine Paulina eine Maulina ist, ein Mauldat, ein Maultant, und dass das eben manchmal passiert, aber nicht weiter schlimm ist und es absolut unnötig sei, die Polizei zu rufen.
In UNSERER Wohnung, in UNSERER Straße wusste das jeder, hier fangen wir alles von ganz von vorne an.

4. Kapitel
Blauwalherz

»Paulina«, sage ich, als Herr von Mückenburg mir seine Hand auffordernd auf die Schulter legt. »Paulina Klara Lilith«, sage ich und knurre »Paulina Klara Lilith Schmitt« etwas leiser hinterher. Zwei Dumpfbacken in der ersten Reihe grinsen, als wäre das irgendwie komisch, so einen Namen zu haben. Ist es nicht.

»Was ist denn da Vor- und was ist Nachname?«, fragt eine der beiden Grinseeulen aus der ersten Reihe. Herr von Mückenburg sagt: »Schmitt ist der Nachname, so viel steht fest.«

Ja, Schmitt, denke ich. Nicht Lilith-Schmitt oder Schmitt-Lilith. Lilith ist ein Vorname, so wie Klara und Paulina auch Vornamen sind. Ich habe drei davon, vielen Dank. Und Schmitt obendrauf. Einfach Schmitt. Am Nachnamen kann man nämlich nichts drehen. Auch Eltern nicht. So ist das. Die Sache ist allerdings die: Schöner wird ein banaler Durchschnittsnachname durch drei fantastische Vornamen auch nicht. Da hätten meine Mutter und der Mann, dessen Namen ich nicht mehr ausspreche, mir noch fünf Vornamen geben können. Gretel zum Beispiel oder Philippina, Rosa, Scarlett, Rübezahl. Schmitt bleibt. Schmitt, einfach Schmitt. Ein stinknormaler Nachname wie vielleicht ungefähr viertausendachthundertsiebenundsechzig Menschen in dieser Stadt ihn haben. Wahrscheinlich um eine ganz besondere Schmittnamenskombination zu kreieren, haben sie mir statt eines Vor-

namens gleich drei gegeben. Und wenn ich mir das so genau überlege, dann fühle ich es schon wieder prickeln in den Zehen, da kriecht mir doch schon wieder eine leichte Wut in die Kniekehlen: Dass ich jetzt für alle Zeit DREI Namen mit mir rumschleppen darf – ich habe jetzt schon Rückenschmerzen.

Es ist doch so: Wenn die anderen längst draußen auf dem Schulhof durch die Hecken fetzen, hocke ich noch in der Klasse und bin damit beschäftigt, meinen ellenlangen Namen auf irgendeinem Arbeitsblatt auszuschreiben, alle drei Vornamen plus Schmitt. Meine liebe Paulina Klara Lilith – wer schreibt so etwas in einem Brief? Wie soll das auf einen Adress-Stempel passen? Soll ich meinen gesamten Briefkasten mit Namen vollmalen? Mir ein Poster als Namensschild an die Tür hängen? Wer ritzt so was verliebt in den Stamm eines Baums? Wer malt um so einen Namen ein Herz? Was soll das für ein Herz sein? Ein Elefantenherz, ein Blauwalherz? Und ständig die Frage, wie ich denn nun heiße.

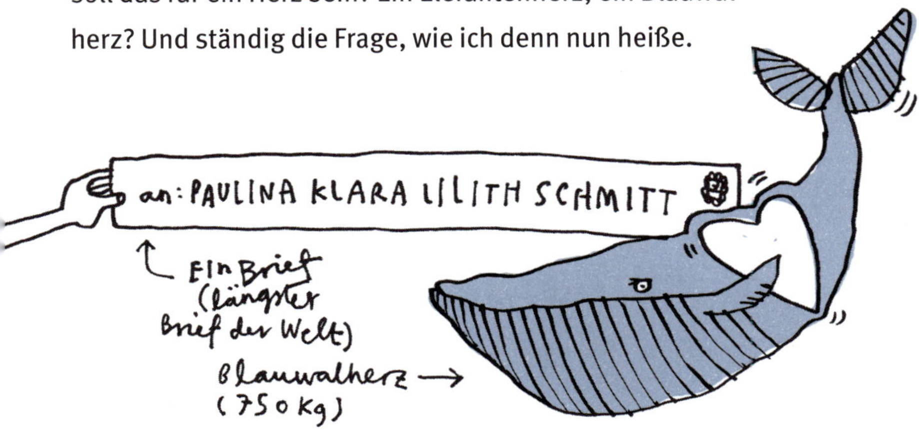

»Wie heißt du denn nun«, quakt eine der beiden Grinseeulen genau in diesem Moment und ich muss wirklich tief durchatmen, die Augen schließen, an Kakao denken, damit ich nicht maultiere.
Nicht hier! Nie wieder in der Schule, das habe ich mir geschworen, als ich beim Schulsporttag vom Notarzt abgeholt werden musste, weil eine Maulplosion zu befürchten war. Danach haben alle wochenlang nur über mich gesprochen und mit dem Mund Explosionsgeräusche gemacht, wenn sie mich irgendwo sahen.

»Paulina Klara Lilith Schmitt«, knurre ich, »hab ich das nicht grad gesagt?«
»Ja, aber wie sollen wir dich rufen?«, fragt Herr von Mückenburg und schielt mich freundlich lächelnd über seinen Brillenrand an.

»Paulina«, grummele ich.

So ruft meine Mama mich. Meistens jedenfalls, manchmal sagt sie auch Paule oder Keule, aber das sind Spezialnamen für Spezialsituationen. Klara und Lilith, das ist nur Schmuck. Sonntagsnamen. Klimbim, den man niemals braucht, nur ständig irgendwo hinschreiben muss, obwohl es immer bessere Sachen zu tun gibt, als zu viele Namen auf einen Zettel zu schreiben.

»Na, Paulina, dann setz dich doch bitte zu Jannis Ruben«, sagt Herr von Mückenburg und zeigt auf einen freien Platz vor dem Fenster. Ich stapfe genervt rüber, pfeffere meinen Rucksack auf den Boden und in dem Moment, in dem ich mich setze, zwinkert Jannis Ruben mit dem rechten Auge und macht gleichzeitig so ein schnalzendes Geräusch mit der linken Seite seines Mundes. Wie der Reinschnacker von der Geisterbahn auf dem Jahrmarkt. Ich möchte ihm als Antwort in den Oberarm beißen. Aber ich hole nur das größte Buch aus der Tasche, stelle es vor mir auf und lege den Kopf dahinter auf den Tisch. Ganz ruhig, Paulina, ganz ruhig, Maulina.

In der Pause stehe ich auf dem Hof, der wirklich noch hässlicher ist als der Hof meiner alten Schule, und wenn ich mich so umsehe, dann rollen hier echt nur die letzten Wurstbuden rum, die interessieren mich alle weniger als gar nicht, wenn überhaupt. Allein schon, wie die glotzen, als hätte ich 'nen Schnurrbart oder als würden mir Blumen auf dem Kopf wachsen, wahrscheinlich kommt hier nie jemand Neues her, wahrscheinlich hauen hier immer nur alle ab, ich könnt's verstehen.

Was ich nicht verstehe: Warum Eltern alles entscheiden dürfen. Ich habe ewig und drei Tage mit Mama gestritten, weil ich mit dem Fahrrad zu meiner alten Schule fahren wollte.
Ja, ich hätte früh um halb sechs losfahren müssen, um rechtzeitig da zu sein, und natürlich wäre der Rückweg auch nicht kürzer gewesen, aber, hej, das ist doch meine Entscheidung.

Ich wäre wenigstens nicht hier gewesen, auf dieser Schule der Wichte und Nasen, der Eulen und Maden. Fahrradfahren hält frisch und außerdem mag ich es, meinen Knien zuzusehen, dieses Auf und Ab und Auf, rund und schön und gleichmäßig.
Außerdem hat Mama es auch viel, viel weiter zu dem Buchladen, in dem sie arbeitet, sie muss selbst eine halbe Stunde früher aus dem Haus, um rechtzeitig dort zu sein, und am Nachmittag ist sie eine halbe Stunde später da.
Aber keine Chance, Mama meint, das sei Schwachsinn, ich solle mich nicht anstellen, auf die neue Situation einlassen, das sei jetzt gefragt: die Dinge anzunehmen, sich anzufreunden. Aber nur damit das mal klar ist: Anfreunden ist überhaupt kein kleines bisschen angesagt. Ich freunde mich mit niemandem an, da stapele ich lieber den ganzen Nachmittag abwechselnd Lenny und Roy aufeinander und gucke ihnen beim Kopf-Ein- und Ausfahren zu, als hier mit irgendwem Blutsbrüderschaft zu schließen. Rummel-Reinschnacker-Ruben zum Beispiel, das ist so ein Kaugummi-mit-offenem-Mund-Kauer, Pony-Hochgeler, Klassenschnellster und stolz drauf wie 'ne Leberwurst im Käsefach, Checker, Lecker, Alleskönner. Spielt Schlagzeug und spricht Spanisch. Made, sage ich, interessiert mich nicht, der Wurm.
Ich wäre jeden Tag drei Stunden Rad gefahren, um seinem dämlichen Schnalzen zu entkommen, aber Mama hat mich einfach angemeldet an dieser miefenden Murks-Schule, keine Diskussion, hat sie gesagt und einen Riesenbottich Kakao auf den Herd gestellt, weil sie natürlich wusste, dass es circa eine Badewanne voll Kakao brauchen würde, um

meinen Riesenmaul zu ertränken. Zum Glück sinds nur noch siebeneinhalb Jahre, bis ich erwachsen bin und endlich allein entscheiden kann.

… ZWEITAUSEND
SIEBENHUND
ERTACHTUND
DREIßIG (2738)
TAGE

DIESEN HIER NICHT MITGERECHNET.

»Paulina«, flötet Herr von Mückenburg, als wir wieder in der Klasse sitzen. Er hat eine runde Brille, trägt eine Fliege, die nur er selber witzig findet, und ein bunt kariertes Jackett. Er ist mindestens einen Meter neunzig groß und sieht aus wie der Direktor eines Kinderzirkus, dabei ist er unser Lehrer für Mathe, Deutsch, Religion und Geschichte.
»Paulina«, flötet er, »magst du uns erzählen, warum du jetzt an unserer Schule bist?«
(Nein, mag ich nicht!)

»Das habe ich mir ausgesucht«, zwitschere ich zurück, »ich bin durch die Stadt gelaufen auf der Suche nach einer neuen Schule, und als ich diese hier sah, da habe ich gedacht: das ist sie, meine neue Schule! Meine Güte, habe ich gedacht, ist das schön hier! Nur tolle Menschen und so ein hübsches Schulgebäude. Ich möchte unbedingt Schülerin dieser wahnsinnig wunderbaren Schule sein!«

Dann knickt mein Kopf nach unten, meine Stirn landet auf der kalten, glatten Tischplatte und aus meinem Inneren rumpelt ein

NIIIIIIIIIIIIIIICHT!

hervor, ohne dass ich etwas dazutue. Klingt wie das Rülpsen eines großen, alten Räubers.

Herr von Mückenburg guckt verknotet und fragt: »Wie bitte?«

Vorne in der ersten Reihe sitzt ein großer, schlaksiger Junge mit Pickeln im Nacken, er dreht sich um und lacht einmal kurz, es klingt, als hätte er sich verschluckt. Seine Zähne sind gelb wie die Sonne, er nickt mir zu und dreht sich wieder um.

5. Kapitel
Zwei Brötchen, vier Buchstaben

Unsere neue Wohnung ist platt wie eine Briefmarke und kaum größer (na ja). Der Boden ist aus Plastik, wie überhaupt alles: Plastikgriffe, Plastikfenster, Plastikfensterbänke, Plastik mit Plastik, verbunden durch und überzogen mit – Plastik. Überall greifen Plastikarme aus der Wand: in der Badewanne, neben dem Klo, über dem Bett. Die Fenstergriffe sind lang und dünn wie Storchenbeine. Falls man zu faul ist

aufzustehen, kann man die Fenster auf- und zumachen, wenn man auf dem Stuhl am Küchentisch sitzt. Plastikstorchenbeine als Fensterfernbedienung.
Was ist das hier für eine Welt? Ich werde Untersuchungen anstellen. Agent Schmitt ermittelt: Wer baut solche Wohnungen? Wer will in so was wohnen? Wer will in Plastik hausen? In Plastikhausen hausen?
Ich könnte es problemlos herausfinden, aber ich habe Besseres zu tun. Es interessiert mich nicht. Plastik interessiert mich nicht. Diese Wohnung interessiert mich nicht. Wir sind sowieso nur kurz hier, so viel steht fest.
In meinem Zimmer stapeln sich neun Kisten und ich weigere mich, auch nur eine einzige auszupacken, so fange ich gar nicht erst an: mich einzurichten! Ich werde Mauldawien zurückerobern, ob mit dem Mann, der jetzt allein dort wohnt, oder ohne ihn. Ich bin nicht bereit, in Plastik zu leben, ich werde mich nicht niederlassen am Zwei-Brötchen, am Vier-Buchstaben, Herrgott!, am Arsch der Welt!
Ich lass mich doch nicht einfach abservieren! Ich hol uns Mauldawien zurück! Auf sie mit Gemaul!

> EILMELDUNG >>> EILMELDUNG >>> EILMELDU

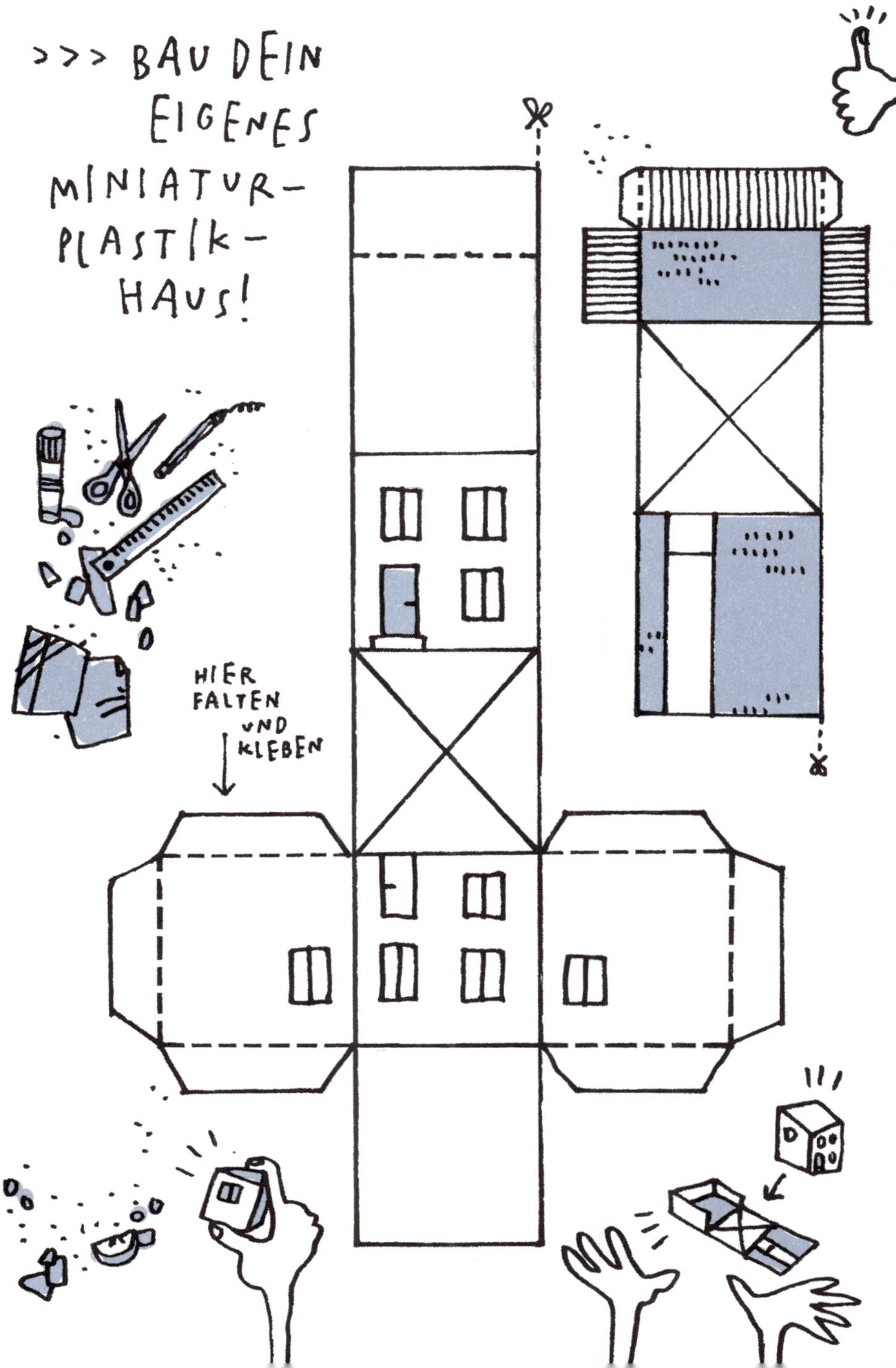

6. Kapitel
General für Käse

Ich sitze in der Küche des Generals auf meinem Lieblingsstuhl. Er hat Beine aus Metall und eine Sitzfläche aus Schaumstoff, überzogen mit einer quietschenden Lederhaut. Wenn man sich daraufsetzt, sinkt man für anderthalb Sekunden ein.

Der General blickt aufgeregt durch die Küche und fragt: »Haben wir alles?«

Ich nicke.

»Dir geht es sicher gut«, sagt er, »du bist in diesem Alter, da ist einfach alles rund, man kennt keinen Kummer, lacht sich scheckig, weil das Leben einfach witzig ist. Man darf nur«, sagt er und reißt die Augen auf und beugt sich über den kleinen Tisch zu mir herüber, »nicht vergessen, sich mindestens einmal in der Woche ordentlich mit Bienenstich vollzutanken. Echte Butter, gehobelte Mandel, dazu Täss Käff, ich sage dir, das macht noch glücklicher und ist die reine Medizin. Was meinst du, wie ich zweihundertsiebenundfünfzig Jahre alt geworden bin?«

Er zwinkert mir zu, weil er gerade mal siebzig ist und aus irgendeinem Grund eigentlich weder Bienenstich noch Kaffee zu sich nehmen darf, aber da pfeifen wir gepflegt drauf, wie er mir jedes Mal versichert. Und dann pfeifen wir beide zusammen zwei Minuten möglichst laut und schräg drauf, bis wir nicht mehr können, und der General legt noch einen kleinen Trommelwirbel auf seinen Knien hin und ich packe

den Bienenstich aus, während der Kaffee in der Maschine vor sich hin blubbert.

»Na ja«, sage ich, »ich find das Leben grad gar nicht so witzig.«

»Papperlapapp«, sagt der General, »Bienenstich ist Bienenstich!«

»Dein Sohn«, sage ich.

»Dein Vater«, sagt der General.

»Dein Sohn«, sage ich, »wohnt jetzt in Mauldawien.«

»Das hat er doch immer schon.«

»Ja, aber jetzt wohnt er allein dort.«

»Du wohnst nicht mehr in Mauldawien? Du bist doch die Prinzessin von Mauldawien!«

»Das ist es ja. Ich wohne jetzt mit Mama am anderen Ende der Stadt in einer miefigen Bude aus Plastik und muss auf diese andere Schule gehen. Da laufen echt nur die letzten Eierbecher rum.«

»Oha«, sagt der General und sieht auf den Boden. Er zwirbelt die rechte Seite seines Schnurrbartes, der zu beiden Seiten über sein Gesicht hinausragt.

»Aber, äh«, sagt der General, »haben deine Mutter und dein Vater –«

»Dein Sohn«, korrigiere ich.

»Haben sie sich gestritten?«

»Mann, Opa, ja. Sie haben sich getrennt, wir sind keine Familie mehr, das habe ich dir doch schon mindestens drei Mal erzählt.«

»Na ja«, sagt der General und steckt die winzige goldene Gabel, die ihm ein russischer Zar verliehen hat, als er 1962 eine kleine russische Stadt vor einem wilden Bären rettete, in den Bienenstich.

»Das Gute ist«, sagt er, »dass Mauldawien immer da ist, wo du bist. Du bist wahrscheinlich die einzige Prinzessin, die ihr Königreich immer bei sich trägt, wie eine Schnecke ihr Haus.«

Er nippt an seinem Kaffee mit Milch und grinst, ich nippe an meiner Milch mit Kaffee und grinse zurück, glaube ich jedenfalls.

Der General für Käse ist ein großer Mann, aber ich habe ihn nur selten stehen sehen, eigentlich nur auf Fotos. Da überragt er immer alle um ein oder zwei Köpfe, er hat diesen ernsten Blick, und unter seiner Nase hatte er schon als kleiner Junge diesen übertrieben langen Schnurrbart, der zu den Seiten aus seinem Gesicht sprießt. Die Haare stehen wie von selbst

und ich glaube, dass er sie einzeln bewegen kann. Ich halte sie für Tasthaare. Wie bei einer Katze oder einer Maus.
Ich vermute, dass der General seine Tasthaare als Schnurrbart tarnt, damit niemand auf die Idee kommt, ihn zu untersuchen oder für Experimente zu missbrauchen. Tasthaare, das würde erklären, warum der General so ein seltsamer Typ ist, ich glaube, man kann nicht wie alle anderen sein, wenn man die ganze Zeit mehr und andere Sachen fühlt, Tasthaarsachen eben.
Der General redet gern und viel. Und wenn man nicht aufpasst, dann wird es manchmal lang und wirr und man geht unzählige Umwege mit ihm, denn er hat viel erlebt, jedenfalls erzählt er es so. Ich besuche ihn ja jede Woche, wir haben diese Bienenstich-Verabredung. Und auch wenn mir danach der Kopf dröhnt, ist ein Besuch beim General für Käse wie eine Schüssel Suppe, die nach allem mit allem schmeckt.

Ich kenne jede seiner Geschichten. Wie er als Kind Feldhamster ausspioniert hat, um ihre Vorräte zu plündern. Feldhamster sammeln nämlich wie die Verrückten alles Mögliche, zum Beispiel eimerweise Erbsen und Eicheln und Nüsse. Der General und seine Eltern waren arm, und deshalb hat er die Hamsterhöhlen ausgeräumt und das Futter bei den Bauern gegen Hühner getauscht. So ist er vom Hamsterfutterdieb zum Hühnerzüchter geworden. Die Hühner haben sich mit ihm wohlgefühlt und sich prächtig vermehrt.

LEXIKALISCHER EINSCHUB

TASTHAARE:

EXEMPLAR 01: NORMALES TASTHAAR, GERADE

TASTHAARE SIND SPEZIELLE HAARE. SIE SIND DICKER, FESTER UND LÄNGER ALS GEWÖHNLICHE HAARE, UND SIE KÖNNEN TASTEN & FÜHLEN.

SOLCHE HAARE SIND WIE ALLE HAARE AUS LEBLOSEM MATERIAL. SIE ENTHALTEN KEINE NERVEN UND WACHSEN NACH.

ANDERS ALS DIE ANDEREN HAARE AM KÖRPER STECKEN SIE SO IN DER HAUT, DASS DIE HAUT JEDE BEWEGUNG DES HAARES SPÜRT.

BEI MANCHEN SÄUGETIEREN SIND DIE TASTHAARWURZELN AUßERDEM VON MUSKELN UMGEBEN, SODASS SIE BEWEGT WERDEN KÖNNEN.

MIT TASTHAAREN KANN MAN SICH IM DUNKELN ZURECHTFINDEN, KANN GEFAHREN WAHRNEHMEN UND NAHRUNG AUFSPÜREN.

03. NORMALES TASTHAAR, GEWELLT

04: TASTHAAR, KATZE

06. Katze

05. Feldhase

07. Maus

Wenn ich mir das vorstelle, sehe ich den General vor mir über die Felder stapfen, einen Wanderstock in der Hand, eine Herde Hühner um ihn, durch Regen und Matsch. Da ist der General ungefähr so alt wie ich. Ich sehe ihn mit Schnurrbart, grüner Stoffhose und albernem Hut. Natürlich gab es Eier ohne Ende! Deshalb eröffnete der General für Käse mit seinem Bruder eine Pfannkuchenbude. Sie verkauften Käsepfannkuchen, wie kein Mensch weit und breit sie sonst zubereiten konnte.

Um die Pfannkuchenbude herum baute ein kluger Geschäftsmann eine riesige Fabrik mit Tausenden Arbeitern und alle aßen die Pfannkuchen der beiden Jungs.
Bei der Arbeit trugen die beiden die Klamotten ihres Vaters, meines Urgroßvaters, der ein Soldat gewesen war. Sie waren arm und hatten keine anderen Sachen, die ordentlich genug aussahen. Also trugen sie Uniformen zum Pfannkuchenverkaufen. Uniformen, die ihnen viel zu groß waren, obwohl sie Riesen waren für ihr Alter, Riesen mit Schnurrbärten, schon mit dreizehn, alle beide. Man nannte sie das »Pfannkuchenbataillon«.
Weil der Bruder des Generals die Pfannkuchen aus dem Fenster reichte und das Geld kassierte, bekam er den Namen »Finanzminister«, und weil der General über Pfannen gebeugt den Käse auf so einzigartige Weise in den Eierteig schmolz, nannten sie ihn ehrfürchtig »General für Käse«.
In den Pausen und am Abend spielte der General zur Entspannung auf einer Maultrommel seine Lieblingsmelodien.

PFANNKUCHENREZEPT

1. DIE ZWIEBEL klitzeklein schneiden & kurz anbraten.
2. MEHL, SALZ & EIER mischen und dann MILCH & SPRUDEL zugeben.
3. DIE ZWIEBEL in den Teig geben, KÄSE zu Schnipseln schneiden und den 1/4 HARZER KÄSE noch kleiner schneiden und in den Teig geben.
4. IN DER PFANNE AUSBRATEN.
5. DAZU: HIMBEERMARMELADE oder selbstgemachter SALAT aus reifen ERDBEEREN, HARZER KÄSE & ein bisschen RUCOLA (mit ROTWEINESSIG & SENF dressing)

Auf dem kleinen bunten Teller zerteile ich den Bienenstich in genau vierundfünfzig kleine Happen (Bienenstich – nur echt in vierundfünfzig Happen), die ich nach und nach in meinem Mund verschwinden lasse. Ich habe jede Menge Zeit dafür. Dazwischen nicke ich und nippe an meiner warmen Milch. Ich lächle und sehe dem aufgeregten General zu. Er tippt auf dem klapprigen dreibeinigen Tisch herum

und macht im Sitzen kleine Trippelschritte auf dem glatten Küchenboden – er sagt: »Und irgendwann bin ich einfach losgelaufen. Da wollte ich mehr wissen. Ich hatte gehört, dass sie in Österreich Palatschinken machen, und ich musste wissen, was sie anders machen, ob sie besser sind. Ich hatte von französischen Galettes gehört und ich wäre auf allen vieren nach Südfrankreich gekrabbelt, um das

LEXIKALISCHER EINSCHUB

MAULTROMMEL:

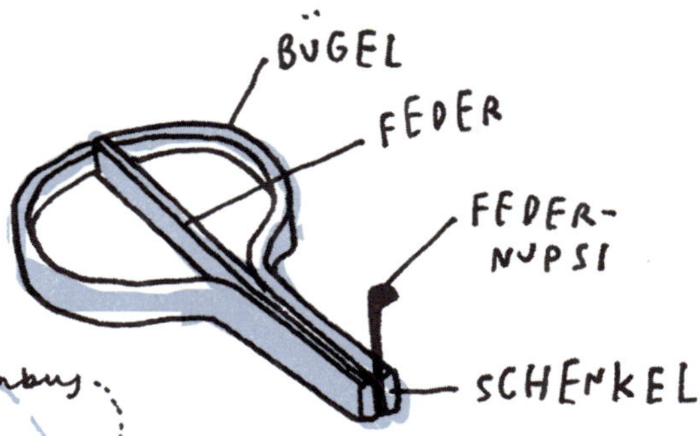

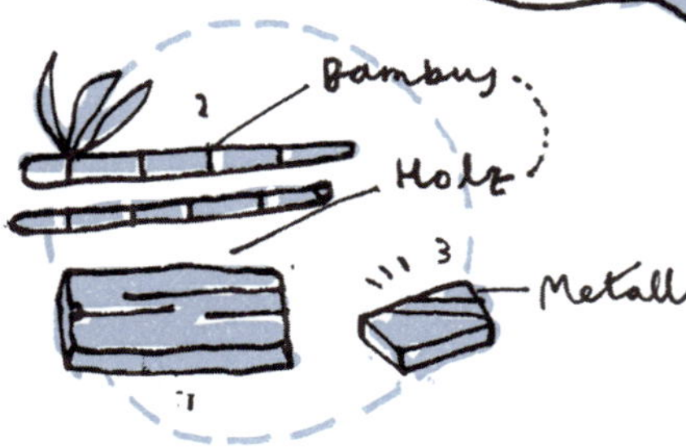

EIN KLEINES MUSIKINSTRUMENT, FRÜHER OFT AUS HOLZ[1] (BAMBUS)[2], HEUTE MEIST AUS METALL[3]. EIN ELASTISCHER NUPSI SCHWINGT AN DEN ZÄHNEN VORBEI IN DIE MAULHÖHLE DES MAULTROMMELSPIELERS UND DORT, IN SEINER MAULHÖHLE, KANN DER MAULTROMMELSPIELER DURCH SEINE ATMUNG UND ÄNDERUNG DER MAULHÖHLENGRÖßE DEN KLANG VERÄNDERN.

MIT DER RECHTEN HAND SCHLÄGT MAN DEN FEDERNUPSI UND ALLES, WAS DANN KOMMT, IST MUSIK!!

beste Pfannkuchenrezept zu finden. Ich war der General für Käse! Ich war Sonderbeauftragter für Pfannkuchen! Ich musste die Welt erkunden«, ruft der General, erhebt sich ein paar Zentimeter von seinem Stuhl und reißt die Augen auf, er fuchtelt mit seinem langen, dünnen Finger über meinem Bienenstichgeschnetzelten herum, seine beiden Schnurrbarthälften schwingen aufgeregt in der Luft wie Dreimeterbretter im Schwimmbad kurz nach dem Absprung.

»Flädle!«, schreit der General mit dröhnender Stimme,

»Puffer, Pancakes, Omelette! Crêpes, Plinsen!«

Seine Stimme klingt, als hielte er eine Predigt: »Blini, Crespelle, Kaiserschmarrn! Ich habe sie alle probiert!«

Dann plötzlich sackt er zusammen, lächelt mich an und blubbert munter weiter: »Ich bin einfach losgestiefelt und hab mir alles angeguckt, mein Kind, alle Pfannkuchen der Welt!«

Auf dieser Reise hat der General meine Oma kennengelernt. Er arbeitete eine Weile lang in einer kleinen Crêperie in der Stadt Maule, nicht weit von Paris. Zuerst hat Oma einfach nur Pfannkuchen bei ihm gekauft. Der General wollte eigentlich längst weiterreisen nach Spanien, sehen, ob der Pfannkuchen mit der Tortilla verwandt ist. Aber weil Oma Pfannkuchen bei ihm kaufte, blieb er. Er hat Pfannkuchen verkauft, sie hat Pfannkuchen gekauft. So ging das eine ganze Weile, ohne dass sie über mehr als die Menge und Beschaffenheit der Pfannkuchen sprachen und schüchtern übten, sich in die Augen zu gucken. Sie hat viele und immer mehr Pfannkuchen bei ihm gekauft und jedes Mal, wenn sie sich sahen, freuten sich die beiden, obwohl der General schon Angst bekam, dass diese schöne junge Frau bald aussehen könnte wie ein Pfannkuchen. Einmal hat Oma den General dann hinter der Crêperie in einer Pause Maultrommel spielen hören. Und damit, sagt mein Großvater, habe ihre ganze Geschichte überhaupt erst so richtig angefangen ...

»Du wirst ja aber wohl noch hingehen dürfen?«, fragt der General und sieht mich an. »In dein Königreich, meine ich.«

»Ja«, sage ich und schüttele den Kopf, »ich darf noch rein. Aber jetzt will ich nicht mehr. Ich bin doch kein Gast in meinem eigenen Land! Ich will wieder wohnen, wo ich zu Hause bin!«

So einfach ist das nämlich nicht, dass ich, nur weil ich Maulina bin, ein ganzes Maulreich bei mir habe. Mauldawien passt nicht in die Hosentasche und auch nicht in hundert braune Pappkisten.

7. Kapitel
Paul klopft an

In Mauldawien begannen die Tage damit, dass ich Frühsport auf dem blau-weißen Sofa hinter dem alten Küchentisch aus Nussbaumholz trieb. Nicht unbedingt eine Kür, eher ein Zappeln, Hüpfen, Dehnen und Armeschleudern, Propeller-Style. Eine unkontrollierte Verlängerung meiner Träume, die in ein kunstvolles Frühstück überging. Insgesamt eine runde Sache, ein Mich-selber-wach-Schütteln und Die-Welt-Zurechtrücken, manchmal musste ich von meinen Verrenkungen direkt selbst anfangen zu lachen, manchmal erst, wenn Mama lachte oder der Mann.

Der Mann hatte eigentlich immer die beste Laune am Morgen, er war auch der Erste, der wach war, er saß meist schon am Tisch, las in der Zeitung und schob sich genüsslich sein Frühstück in die Schnute, und heimlich beobachtete er mich hinter seiner Zeitung, wenn ich wie ein Zombie in die Küche geschlurft kam.

Dann flötete er: »Guten Morgen, Paulinchen!« Und ich knurrte irgendwas Unverständliches zurück und ließ mich auf das weiche blau-weiße Polster nieder. Dann gings los: Sitzend glitt ich langsam auf und ab und begann so, mein Blut vorsichtig durch den Körper zu schütteln, zog dann die Füße auf die Sitzfläche und hopste hockend, bis ich auf der Stelle rannte oder die Beine in die Luft warf – dann lachte der Mann, klatschte in die Hände und schmierte mir ein Brot mit Mandelmus und Honig und Banane, ja, solche Dinge konnte der Mann.
Und jetzt? Kann er am Morgen alleine auf dem ollen Sofa hopsen und über sich selber lachen! Hier in Plastikhausen wird nicht gehopst und gelacht, in unserer Küche steht ein Plastiktisch und zwei Plastikklappstühle. Ich schmiere meine Brote selber.

So wie ich die Kisten in meinem Zimmer nicht auspacke, so freunde ich mich auch mit keiner der Kröten aus meiner neuen Klasse an. Sie interessieren mich nicht. Einige sehen ganz nett aus, andere sehen langweilig aus, einige reden mit mir, andere gucken nur, einige fragen was, andere erzählen nur von sich, einige rauchen heimlich, andere reiten Pferde, einige trinken Cola, andere Milch, einige haben Markenklamotten und Handys, andere nicht. Ich bin nicht gespannt auf sie, ich will nichts wissen. Ich brauche keine neuen Freunde, wenn mir danach ist, setze ich mich einfach auf mein Fahrrad, bin in anderthalb Stunden bei meinen richtigen Freunden, mir doch egal. Ich gehe in diese Schule, ich sitze in dieser Klasse,

ich schreibe auf diese Zettel, ich höre diese Lehrer reden, aber ich fliege über allem, es geht mich nicht so richtig was an. Ich weiß, gleich kommt ein Wind und weg bin ich, ich bin kurz hier und bald wieder an dem Ort, wo ich hingehöre und Mama auch.

Und plötzlich klingelt es in Plastikhausen an der Tür. Mama hat die Kaffeetasse am Mund und verschluckt sich. Ich höre auf zu kauen und wir gucken uns an.
»Wer ist das?«, fragt Mama und ich zucke die Schultern. Mama stellt die Tasse scheppernd auf die Untertasse (nicht aus Plastik, wir haben sie aus Mauldawien mitgebracht), steht auf, verknotet sich dabei merkwürdig die Beine, stolpert und fliegt fast hin. »Mistverdammter!«, flucht sie, kann sich aber so eben noch fangen und poltert aus der Küche. Ich sehe ihr nach, warte und höre die Tür und ein ruhiges, unsicheres Brummen, eine junge Stimme, dann meine Mutter, fröhlich glucksend. Ich kann nicht verstehen, was die beiden da reden, aber kurz habe ich die Hoffnung, es ist der Mann mit einer Ladung geschmierter Brote, bis ich Mama höre, wie sie ruft: »Paulina, für dich ...«

Vor der Tür steht der lange Lulatsch aus der ersten Reihe, der mit den Pickeln im Nacken und den sonnengelben Zähnen. Er guckt auf den Boden, während er mit mir redet.
»Hallo«, sagt er, »ich bin Paul.«
»Is das ein Witz«, sage ich.
»Was?«
»Dass du Paul heißt.«
»Wieso?«
»Na, weil ich Paulina heiß.«
»Ich weiß«, sagt der Lulatsch und kratzt sich im Nacken. Er zuckt die Schultern und nuschelt Richtung Fußmatte: »Nö, glaub nicht, dass das ein Witz ist, meine Eltern konnten ja nicht wissen, dass wir uns treffen.«
»Wo du recht hast, hast du recht«, sagt Mama und grinst.
»Halt mal die Luft an«, sage ich zu ihr und schicke ihr einen Augenmaul.
»Ja, mein Kaffee wird kalt«, sagt sie, lächelt und dann verschwindet sie.
Paul guckt mich immer wieder an, nie länger als eine geschätzte Viertelsekunde.
»Öhm«, sagt er, »äh, mhhh, joaar, also.«
»Spucks aus«, sage ich, »ich hab nicht ewig Zeit.«
»Na ja«, sagt Paul, »ich wohn 'ne Straße weiter und … also, ich dachte, du bist ja neu hier und ich dachte … ich dachte, ich hol dich ab und wir gehen zusammen zur Schule, vielleicht.«
»Pffhh«, mache ich und mustere den Schlaks, der dasteht wie ein Storch im Schnee, ich zucke die Schultern. »Okay, Moment.«

Paul sagt: »Okay, klar!«
Ich dreh mich um, hol meinen Rucksack und den letzten Bissen meines Brots.
Ich sage: »Bis heut Abend!« und Mama sagt: »Ja, bis heut Abend.«
Und ich weiß, dass sie noch irgendwas sagen oder fragen will, und deshalb sehe ich zu, dass ich rauskomme zu Paul und in den frischen Morgen.

Wir laufen nebeneinander her und keiner sagt ein Wort, und das finde ich schon mal gut an Paul, dass er jetzt nicht aufgeregt rumquatscht, nur weil er an meiner Tür geklingelt hat und weil wir uns nicht kennen und man deshalb meinen könnte, wir müssten alles Mögliche reden, damit wir uns kennenlernen. Wir trotten hier einfach nur so nebeneinander her, so wie ers gesagt hat: Wir laufen zusammen zur Schule, das ist echt okay.
Und plötzlich bin ich es, die was sagt: »Du bist nicht so der große Redner, was?«, und Paul guckt mich an, kurz und unsicher, dann noch mal und mit einem kleinen Lächeln (jedes Mal ein kleiner Sonnenaufgang).
»Nö«, sagt er, »glaub nich.«

8. Kapitel
Weltrezepte

Meine Mutter steckt den Kopf durch die Tür ins Zimmer und fragt, warum ich plötzlich ein Stubenhocker sei.
»Weil wir keinen Garten mehr haben«, sage ich.
»Aber eine Straße«, antwortet sie, »hast du denn gar keine Lust, die Gegend zu erkunden?«
»Ich habe keine Zeit«, sage ich ihr, »ich arbeite an einem Schlachtplan.«
»Was für ein Schlachtplan?«, fragt sie.
»An einem Schlachtplan«, sage ich, »der uns zurück nach Mauldawien bringt.«
»Ach, Paulina«, sagt meine Mutter und streichelt mir über den Kopf, »das habe ich dir doch erklärt. Wir wohnen jetzt hier.«
»Als ob ich das nicht mitbekommen hätte!«, grunze ich.
Meine Mutter schüttelt den Kopf. »Ach, Paulinchen«, sagt sie, »das musst du versuchen anders zu sehen.«
»Ich habe schon eine Straße«, sage ich, »ich brauche diese neue nicht, ich habe schon Freunde, ich habe schon eine Schule, eine Klasse, ich habe schon ein Königreich, ich brauche diesen ganzen Quark hier nicht. Hier wohnen sowieso nur Eulen, Omas und Mehlsäcke.«
»Also ich«, sagt meine Mutter, »hab hier auch schon ein paar Kinder gesehen. Was ist zum Beispiel mit Paul?« Sie zwinkert mir zu. »Du solltest dich hier nicht so eingraben. Geh mal raus, vor die Tür, maul dich aus, das tut dir gut.«

Ich stehe auf, sehe meiner Mutter fest in die Augen, ich stampfe mit dem Fuß auf den dämlichen Plastikfußboden und sage: »Mama, das kann dieser Mann nicht einfach so machen. Das ist nicht gerecht. Und was nicht gerecht ist, das gehört gerächt! Ich werde dafür sorgen, dass wir wieder alle zusammen in Mauldawien leben werden. So wie früher, als wir noch alles hatten, was wir brauchten, als wir allesalles einfach hatten und uns einfach nichtsgarnichts fehlte, alles wunderbar und absolut perfekt war, alles gut und klar und schön. Unsere Welt! Unser Leben! Wir lassen uns da nicht einfach rausschmeißen, Mama, ganz im Ernst.«
Sie setzt sich auf mein Bett. Seufzt und sagt: »Komm mal her zu mir, Paule.«
»Komm mir jetzt nicht so«, antworte ich ihr, »keine Verhandlungen. Ich bin dabei, einen Plan zu entwerfen, wie wir schon Ende der Woche wieder alle zusammen und glücklich sind. So wie es gehört.«
»Paulina, das wird nichts.«
»Ach, und woher willst du das bitte wissen? Du kennst doch den Plan überhaupt nicht.«
»Komm mal bitte her zu mir«, sagt meine Mutter und breitet ihre Arme aus.
Mphf. Als sich ihre Arme um mich schließen und ich ihren warmen Körper spüre und diesen Mamaduft rieche und ihren leisen Atem höre, da könnte ich sofort, ähm, eine Mischung aus einschlafen und losheulen.
»Paulina, ich weiß, wie schwer das für dich zu verstehen ist. Und ich liebe das an dir, dass du deinen eigenen Kopf hast, weißt du? So ein kleines Mädchen hab ich mir immer ge-

wünscht, so ein Mädchen wie dich, das sich nichts sagen lässt und das sich gegen alles wehrt, was es nicht gerecht findet. Aber manchmal gibt es im Leben Dinge, die muss man hinnehmen. Und das hier ist jetzt so eine Situation. Die wirst du nicht ändern können. Weil sie nichts mit dir zu tun hat. Papa und ich, wir lieben dich beide sehr und das werden wir immer tun. Wir haben uns getrennt, weil wir uns nicht mehr verstanden haben, weil wir ... uns beide nicht mehr so lieben, wie es nötig ist, damit man eine Familie sein kann.«

»Okay«, unterbreche ich sie, »das ist nicht wahr!«

»Doch, Paulina, das ist wahr.«

»Der Mann, den du bitte nicht mehr MPFH nennst, solange er uns aus dem Maulreich verbannt, der kann doch nicht einfach beschließen, dass das jetzt alles vorbei sein soll. Der kann doch nicht einfach beschließen, dass unsere Familie jetzt vorbei ist und wir in diese Rumpelbude aus Plastik ziehen sollen!«

»Paulina, das hat ... der Mann nicht entschieden. Das habe ich entschieden.«

»Das hast du nicht entschieden, warum solltest du das entscheiden? Du bist doch nicht dumm, Mama.«

Sie lächelt mich an und streichelt meinen Kopf.

»Doch, vielleicht bin ich das, Maulinchen, vielleicht bin ich dumm. Vielleicht bin ich auch klug, vielleicht bin ich nur verwirrt, vielleicht weiß ich im Moment einfach nicht so richtig, was ich machen soll. Aber irgendetwas machen musste ich ... und deshalb sind wir hier. Du und ich, wir zwei zusammen.«

»Ich will aber gar nicht hier sein!«

»Paulina, du hast die Wahl, du kannst auch zu deinem Pa–«

»AAAAAAAAAAAAAAAAAAAAARGHHHHH!«

»Zu dem Mann gehen.«

»Ja, sicherlich! Nirgendwohin gehe ich ohne dich. Erst recht nicht zu dem Mann, der plötzlich meint, die Welt gehört ihm und er kann alles entscheiden und kaputt machen.«

»Noch mal, Maulina, ICH habe das entschieden. ICH habe entschieden, dass wir zwei ausziehen, ICH habe diese Wohnung ausgesucht. Dein Va... der Mann ist traurig, er ist so traurig wie du und ich, dass wir ausgezogen sind. Er ist nicht schuld. Okay?«

»Nee.«

»Nee?«

»Nee. Ich glaub dir das nicht.«

»Es ist aber so.«

»Ich werde Mauldawien trotzdem zurückerobern. Für uns alle. Wenn ihr beide so bescheuert seid, dann muss ich das eben ganz allein in die Hand nehmen.«

»Dann«, sagt Mama und atmet tief ein, »dann wirst du mit mir kämpfen müssen.«

KAKAO
EINE MESSERSPITZE SALZ
Ein Schuss Schlagsahne
2 TAFELN GUTE SCHOKOLADE (normale oder weiße oder sehr dunkle)
1 LITER MILCH
ZIMT (nach Geschmack)
Ein LÖFFEL BUTTER
Das Innere einer KARDAMOM-KAPSEL
...MISCHEN, MIXEN, VERRÜHREN ODER AUFSCHÄUMEN.....MMHHH!

»Zieh dich warm an«, antworte ich und schlinge mir meinen roten Schal um den Hals. Ich grinse.
Aber Mama grinst nicht zurück. Ich weiß, dass sie versucht, den Mann zu beschützen. Mama ist so, sie versucht immer, alle um sich herum zu schützen, alles auf sich zu nehmen, immer den Fehler bei sich zu suchen, so ist sie. Mama, die immer alles und jeden versteht, weil sie sich in die anderen hineindenken kann, weil sie immer kapiert, warum die anderen das machen, was sie machen und weil sie ihnen dafür eigentlich nie böse ist, auch mir nicht, weil sie ja versteht, dass ich nichts dafür kann, wenn der Maul mich packt. Sie hat dann einfach ein Rezept, um das Problem zu lösen. Nur diesmal hat sie offensichtlich kein gutes Rezept, denn wir hocken jetzt in dieser Plastikbude und sind beide todunglücklich, auch wenn sie versucht, so zu tun, als wären wir es nicht. Selbst jetzt noch versteht sie den Mann.
Aber irgendwann ist auch mal gut. Man kann eben nicht immer alles hinnehmen, manchmal muss man handeln, manchmal musst du das Leben zusammenrollen, in den Anspitzer stecken und sagen: SO NICHT, liebe Welt!
»Du hast das entschieden, ja?«
»Ja.«
»Mama, ganz im Ernst: vielleicht solltest du mal zum Arzt gehen und dich untersuchen lassen, da stimmt doch was nicht!«

Das war nur ein Scherz und ich grinse, um Mama das zu zeigen, aber Mama grinst nicht zurück. Sie grinst überhaupt wenig im Moment, das ist auch so ein Indiz. Sie ist nicht glücklich, auch wenn sie versucht so zu tun, als wäre sie es, wenn sie pfeifend die Kartons auspackt und leckere Sachen kocht und Bilder an die Wände hängt und ihre Bücher überall verteilt und versucht, ein neues Mauldawien aus diesem Plastikstall zu machen. Mamas Fröhlichkeit ist normalerweise wie Butter, aber im Moment ist ihre Fröhlichkeit wie Margarine: schlapp und ohne echten Geschmack. Und wenn sie diese Entscheidung getroffen hätte, weil sie ja angeblich so gut für uns ist und es nicht anders sein kann, dann wäre sie doch glücklich oder wenigstens nicht so traurig, wie sie es im Moment einfach immer ist. Ich bin doch nicht blöd! Sie versucht hier nur wieder die Wogen zu glätten – aber nicht mit mir!

Und dann sehe ich, wie Mamas Unterlippe zuckt und wie sie mich nicht länger angucken mag und zu Boden sieht und wie dann dicke, schnelle Tränen aus ihren Augen schießen. Mama mault nicht, Mama weint. Und ich versteh das nicht.

»Da stimmt was nicht«, schluchzt sie und ich nehme sie in den Arm und drücke sie, so fest ich kann, und sie drückt zurück, auch ziemlich fest und dann muss ich auch weinen und ich springe auf ihren Schoß und hocke auf ihr wie ein Affenjunges und ich sage: »Mama, mach dir keine Sorgen, ich regel das schon.«

9. Kapitel
Vogelregen

Meine Knie tanzen, auf und ab und auf, der Weg ist wirklich ziemlich weit. Anderthalb Stunden, wenn man sich beeilt, ich bin normalerweise kein Beeiler beim Radfahren, aber ich habe nicht ewig Zeit, zum Abendessen muss ich wieder zu Hause sein.
Ich werde nicht mit dem Mann sprechen, weil ich nicht mehr mit dem Mann spreche. Das habe ich geschworen. Als wir die Kisten gepackt haben, habe ich mich vor ihn gestellt und gesagt: »Hör gut zu, merk dir meine Stimme, gut möglich, dass du sie nicht wieder hörst. Du hast jetzt die letzte Chance, das alles zu retten, und wenn du das nicht tust, dann rede ich kein Wort mehr mit dir.«
Er hat nur dagestanden, den Kopf geschüttelt und mich mit Wasseraugen angeglotzt und gar nichts gesagt, nicht mal Nein. Also habe ich mich umgedreht und meine letzten Sachen geschnappt. Ich werde nie wieder ein Wort mit dem Mann reden, so ist das, weil Maulina eine ist, die ihr Wort hält. Ich fahre nicht zu dem Mann, ich fahre nach Mauldawien, einer muss sich um die Maulhöhle kümmern und die Brombeeren gießen und überhaupt nach dem Rechten sehen, eine Maulsidentin hat auch ihre Pflichten.

Mauldawien ist das reinste Paradies. Die Hecken sprießen, die Hummeln grummeln, die Knospen treiben, die Sonne brutzelt, die Katzen kloppen sich, schnurren oder fangen

Insekten im Flug, und ich stehe vor unserem Haus und gucke hoch in den vierten Stock. Das Licht blendet mich, ich muss niesen und nur deshalb tränen die Augen. Es ist wie Urlaub, alles warm und weich und wunderbar, nur dass die Prinzessin im Exil lebt, das ist es, was nicht stimmt.
Im Garten stehen die weißen Gartenmöbel, darauf eine einzelne leere Kaffeetasse, keiner, der sich um die Kräuter gekümmert hätte, über unserem Küchenfenster flitzen die Schwalben. Wenn die Schwalbeneltern anlanden, hört man ein leises mehrstimmiges Fiepen, kleine Schnäbel, die nach Futter plärren, die reinste Maulkultur. Ich laufe zum Birnbaum und sehe, dass die Maulhöhle in Schuss ist (sie wurde ja auch von einer Fachfrau entworfen und gebaut), ich krieche kurz hinein und fühle die kalte Erde, rieche das Heu und rolle mich zusammen. Da bin ich.

Als ich wieder aufwache und aus der Maulhöhle krieche, ist der Nachmittag schon fast vorbei, ein paar graue Wolkenfetzen und rötlicher Dunst vor der Sonne. Mama kocht bestimmt schon, aber ich stelle mich vor die Haustür und atme. Atme. Atme. Das Fahrrad des Mannes lehnt nicht an der Hauswand, wahrscheinlich ist er gar nicht da.
Ich klingele und nichts rührt sich. Würde er öffnen, würde ich hier unten bleiben, und würde der Mann dann nach unten kommen, würde ich ihn nur ansehen, und würde er etwas sagen, würde ich ihm nicht antworten, und würde er mich in den Arm nehmen, würde ich das nicht erwidern.
Aber das alles passiert nicht, ich höre nur das Scheppern der alten Blechklingel in unserem Flur, es dringt durch alle vier

Zimmer und zittert über die alten Fensterscheiben und zu mir zurück und hinunter, bis vor die Haustür, wie eine Erinnerung, längst vergangen. Ich spiele eine kleine Melodie auf der Blechklingel. Ich bin der Dirigent, die Wohnung das Orchester, Mauldawien das Publikum.
Und plötzlich öffnet sich ein Fenster im dritten Stock und ein Wurstfingernachbar steckt den Kopf hinaus und brüllt:
»Keiner da! Ist das so schwer zu kapiern?«
Nee.

Ich setze mich auf die Bank am Ende der Straße. Nach ein paar Minuten springt die Laterne über mir an, viel zu früh, es dämmert noch nicht einmal richtig. Eine Krähe jagt nur zwei oder drei Meter über meinem Kopf vorbei, dann noch eine und noch eine und immer mehr. Wie tief und schnell und glatt sie durch die Luft schießen, schwarz und entschlossen, groß und schwer wie Kanonenkugeln.
Der Mann hat keinen Namen mehr. Er ist unaussprechlich geworden, wie die Namen der schlimmsten Bösewichte in Kindergeschichten und Märchen, so ein Name, der, wenn man ihn ausspricht, einem die Knie verdreht und Pflanzen eingehen lässt, ein Name, den man nicht in den Mund zu nehmen wagt, weil dann die Schuhsohlen schmelzen, die Brillengläser springen, die Tiere in Ultraschall schreien und fliehen. Weil beim Klang dieses Namens aus Sommer Winter wird, weil dir beim Aussprechen die Lippen reißen und du Durchfall bekommst. So ein Name, denke ich.
Die Krähen sammeln sich in den Wipfeln der Bäume, die den Spielplatz umstehen, und krächzen und krächzen. Und

Krächzen, finde ich, das ist fast wie Maulen, nur auf Vogelisch, so klingt es jedenfalls. Ich stehe auf und betrete den Spielplatz und glotze hoch zu den vielen schwarzen Vögeln, es sind vielleicht dreißig oder fünfzig und es werden immer mehr, sie beraten sich oder maulen sich aus, wer weiß das schon. Ich stehe einfach da und schließe die Augen und lasse mich beregnen von den vielen kräftigen Vogelstimmen, ihre Laute fallen herunter, prasseln auf den Spielplatz und auf mich, ich breite meine Arme aus, ein kleines bisschen nur, genieße. Ein kleines Gewitter aus Krähensprache, das auf mich herunterkübelt und mir die Laune massiert.

10. Kapitel
Geheimnis für drei Minuten

Paul holt mich ab, der Morgen steht kühl vor der Tür, hinter Paul, da nützt auch sein Lächeln nichts. Er ist viel zu früh und mein Kakao ist noch nicht ausgetrunken.
»Ich bin noch nicht fertig«, sage ich.
Paul kratzt sich den Nacken, seine kurzen schwarzen Haare sehen aus wie ein Stück Nacht im anbrechenden Tag.
»Okay«, sagt er.
»Willst du warten?«, frage ich.
»Okay«, sagt Paul.
»Komm rein, Paul«, ruft Mama, »willst du Kakao?«
»Okay«, sagt Paul und macht einen Schritt auf die kleine Rampe zur Türschwelle und ich zische: »Du willst nicht rein!«
»Nein?«, fragt Paul.
»Nein«, sage ich, »das ist keine Wohnung, das ist eine Unwohnung, die will man nicht mal kurz betreten, so beknackt ist das hier.«
»Das stört mich nicht«, sagt Paul. »Ich würd sie mir gern mal angucken, kenn ich ja nur von außen.«

Paul sitzt in der Küche und sieht glücklich aus, er guckt in alle Richtungen wie ein aufgeregter kleiner Vogel, so schnell dreht er seinen Kopf. Er nippt am dampfenden Kakao, den meine Mutter ihm hingestellt hat.
»Willst was essen?«, fragt sie. Paul grinst mit gelben Zähnen und brauner Oberlippe. Er schüttelt den Kopf.

»So was hab ich noch nicht getrunken«, sagt er.
Meine Mutter gluckst verlegen.
»Kakao?«, sage ich.
»Das ist Kakao?«, fragt Paul.
»Das ist Kakao«, sage ich. »Alles andere auf der Welt ist kein Kakao.«
»O-kay!«, nickt Paul.

»Weißt du, Paul«, sage ich, als wir auf dem Schulweg sind, »ich fühle mich hier nicht wohl, ich komme aus einem Königreich und dort war ich die Prinzessin und jetzt wohnen

wir in dieser Unwohnung in Plastikhausen und das gefällt mir gar nicht. Ich wurde vertrieben. Verschleppt! Wie ein Tier aus dem wunderschönen Dschungel in einen Streichelzoo. Außerdem ist hier irgendwas faul. Irgendwas stimmt nicht und ich werde herausfinden, was.«
Paul nickt, er hat noch einen kleinen Kakaobart auf der Oberlippe, vielleicht hebt er sich ein bisschen Kakao für später auf, das habe ich früher auch immer gemacht, zur Sicherheit. Dann kann man, wenn was Nerviges passiert, einfach kurz mit der Zunge über die Oberlippe lecken und man hat eine Erinnerung an die warme Tasse Morgenkakao.
»Ich werde die Ermittlungen aufnehmen«, sage ich, »nicht, dass es mich brennend interessieren würde, das alles hier

interessiert mich kein Stück, aber solange wir hier sind, werde ich ermitteln, eben weil ich Ermittler bin, Agent, Detektiv, weißt du.«

»Mh«, macht Paul und leckt sich die Lippen, »der Kakao war wirklich klasse«, sagt er, »ich glaube, ich habe noch nie so einen Kakao getrunken, so würzig.«

»Ja«, sage ich, »meine Mutter macht den weltbesten Kakao, ich schätze, weil sie jeden Tag große Mengen davon herstellen muss.«

»Aha«, sagt Paul. »Und was für Ermittlungen eigentlich?«

»Weißt du, Paul, in Mauldawien, so heißt das Königreich, aus dem ich stamme, da hatte ich einen Club und wir haben echte Fälle gelöst.«

»Echt?«

»Ja, echt. Im letzten Sommer zum Beispiel, da haben wir einen Mörder gefasst.«

»Einen Mörder?«

»Liest du keine Zeitung?«

»Du liest Zeitung?«

»Jedenfalls war das 'ne Riesensache! Wir waren mit Foto und allem in der Zeitung.«

»Erzähl.«

»Is 'ne lange Geschichte.«

»Na gut, dann eben nicht.«

»Aaaalso«, sage ich und meine Stimme klingt plötzlich nicht mehr wie meine eigene Stimme, sondern tiefer, weicher, rollender, wie eine Lawine, die sich nach ewigem Warten plötzlich aus dem Berg löst und in die Tiefe rast. Ich höre den General in mir, als ich sage:

ILMELDUNG >>> EILMELDUNG >>> EILMELDUNG
DIE Geschichte VON AGENT Schmitt
UND IHREN KOLLEGEN
LUISE, PIT, BART,
Julius UND MONA
MONA
DAME, SCHNACKER, HANDWERKER. KANN MÄNNER UM DEN FINGER WICKELN, REDEN, DASS DU DEINEN NAMEN VERGISST, UND AUS EINER BÜRO-KLAMMER UND EINEM STÜCK ALUFOLIE EINE RAKETE BAUEN
PIT
BAUCHMENSCH, FRISEUR, FRISBEE-JUGENDNATIONAL-MANNSCHAFT & SCHWIEGERMUTTERS LIEBLING, AUßEN-MINISTER DER TRUPPE.

EILMELDUNG >>> EILMELDUNG >>> EILMELDUN
JULIUS
RECHNER, HACKER UND WISSENSCHAFTLER. WAHRSCHEINLICH GENIAL, ABER AUF JEDEN FALL KEIN BISSCHEN EINGEBILDET.
BART
KLEIN, MUTIG, ZÄH. GEHT VOR, PACKT ZU, ZÖGERT NICHT.
LUISE
KANN SCHLEICHEN, KLETTERN, RENNEN WIE EINE KATZE. IST VIELLEICHT UNVERWUNDBAR UND KANN HÖCHSTWAHRSCHEINLICH DAS SCHÖNSTE GERÄUSCH DER WELT MACHEN.
AGENT SCHMITT
EINSATZLEITERIN, MEDIUM. KRIMINALISTISCHES SUPERHIRN

»Es war der vierte Tag der Sommerferien, irgendwas hatte mich schon vor dem Sonnenaufgang und dem Gebrüll der Sommervögel aus dem Schlaf gerissen, ein Ziehen in der Brust, ich wusste gleich, dass etwas nicht stimmt. Ich saß senkrecht in meinem blütenweißen Bett in Mauldawien und spürte tief in das Grau des anbrechenden Morgens hinein, wie eine Antenne, die unsichtbare Schwingungen aus der Luft greift. Da war etwas, verstehst du? Etwas zog an mir, rief mich, brauchte meine Hilfe. Plötzlich, ich erinnere mich genau, stand ich im Nachthemd im weiten Garten von Mauldawien, barfuß im taunassen Gras und blickte in den Himmel, der inzwischen rötlich schimmerte, aber mit einer hauchdünnen Wolkenschicht verhangen war. Dahinter sammelte sich die Hitze für den Tag, sie nahm Anlauf, um sich mit aller Kraft über das Maulreich zu rollen. Das war der Morgen, an dem die Geschichte beginnt. Die Geschichte von Agent Schmitt und ihren Kollegen Luise, Pit, Bart, Julius und Mona erzähle ich dir, wenn wir rausgefunden haben, was das für ein komisches Haus ist, in dem Mama und ich wohnen. Warum baut man so was? Ich finde raus, was das soll, diese ganzen Griffe und Hebel. Ich muss rauskriegen, wer hier vor uns gewohnt hat, um zu verstehen, was das alles soll. Irgendwas stimmt da doch nicht, das sagt mir mein Gefüüühl ...«
»Okay«, sagt Paul.
»Du könntest mitmachen«, sage ich, »du könntest mein Co-Agent werden.«
Da geht die Sonne auf! Paul lacht und seine Augen funkeln. »Oh ja!«, freut er sich. »Meinst du das ernst?«
»Klar«, sage ich, »ich kann dir ’ne Menge beibringen: wie man Fallen und Alarmanlagen baut, was ein toter Briefkasten ist und

wie man Nachrichten verschlüsselt, austauscht, Geheimschrift, das alles – kennst du den Haartrick?«

»Haartrick? Nein!«

»Okay«, sage ich. »Der Haartrick, ein Anfängerding, Einmaleins. Mickymausheft-Trick, aber irgendwo muss man anfangen …«

»Okay«, sagt Paul, aber dann verdunkelt sich sein Blick plötzlich und wir laufen stumm nebeneinander her, wir sind schon fast beim Schulhof angekommen.

»Aber«, sagt Paul und dann erst mal nichts weiter.

»Was denn?«

»Es gibt ein Problem.«

»Was denn?«, frage ich.

»Ich glaub, ich weiß die Lösung.«

»Wie?«

»Na ja, ich weiß, wer vor dir in dem Haus gewohnt hat, ich lauf ja jeden Tag mindestens zweimal dran vorbei ...«

»Und?«

»Na, eine Frau hat da gewohnt.«

»Paul!«

»Ja.«

»Ein bisschen mehr müsste ich schon wissen.«

»Ja. Eine Frau. Eine Frau, die hat in einem Rollstuhl gesessen, und damit sie besser in die Wohnung kommen konnte, liegt die Wohnung im Erdgeschoss. Und es gibt keine Treppe, sondern diese Rampe, damit sie reinrollen konnte. Und ich glaube ...«

Paul überlegt. Und wenn Paul überlegt, wenn er so richtig nachdenkt, dann kratzt er sich im Nacken und sieht in den Himmel.

»Ich weiß es nicht genau«, sagt Paul dann, »weil ich war ja nie im Haus drin und hab das nie gesehen, aber ich glaube, dass die vielen Griffe und das alles, dass das für die Frau wichtig war, dass ihr das geholfen hat, weil: Die konnte ja nicht mehr laufen und auch nicht alleine aufstehen. Weißt du?«

Ich gucke Paul an. Wieso bin ich da nicht selber drauf gekommen? Manchmal peilt man es nicht. Ich bleibe erst mal stumm, dann sage ich: »Ja.« Und nach einer halben Minute ungefähr frage ich: »Was ist mit der Frau passiert?«

Paul zuckt die Schultern. »Sie war dann weg«, sagt er. »Ich weiß nicht. Einfach weg. Vielleicht umgezogen. Ich hab das nicht so mitgekriegt. Es gibt da bei euch immer so viele Umzüge in der Siedlung.«

»Vielleicht musste sie in ein Krankenhaus«, sage ich.

»Oder is gestorben«, sagt Paul.

»Sag nicht so was«, sage ich.
Und Paul zuckt die Schultern und sagt: »Okay.«
»Sind dir die Pfleger noch gar nicht aufgefallen?«, fragt Paul.
»Pfleger?«
»Ja. Pfleger. Weil das bei euch so eine Siedlung ist, wo viele Kranke und Behinderte wohnen, kommen da ganz oft Pfleger vorbei, die helfen und sich kümmern.«
»Zu uns kommen keine Pfleger.«
»Nee, klar, aber zu fast allen sonst in eurer Straße.«
»Echt?«
Eine behinderte Frau. Ich Idiot. Und ich habe gemault und gezetert. Das war eine Wohnung für eine behinderte Frau! Natürlich braucht die eine Rampe und Griffe und alles. Ich habe geflucht und mich lustig gemacht über eine arme, kranke Frau, ich bin so ein Idiot. Das ist der Grund für Plastikhausen. Es ist nicht hässlich in Plastikhausen, es ist praktisch. Es ist so, wie es nötig ist für jemanden, der im Rollstuhl sitzt und in einer eigenen Wohnung wohnt. Ich möchte mich in den Arm beißen, aber ich lasse es, weil wir jetzt in den Schulhof einbiegen.
»Kann ich trotzdem in deinen Club?«, fragt Paul.
Ich zucke die Schultern. »Klar«, sage ich.
»Okay«, sagt Paul.
»Okay«, sage ich.

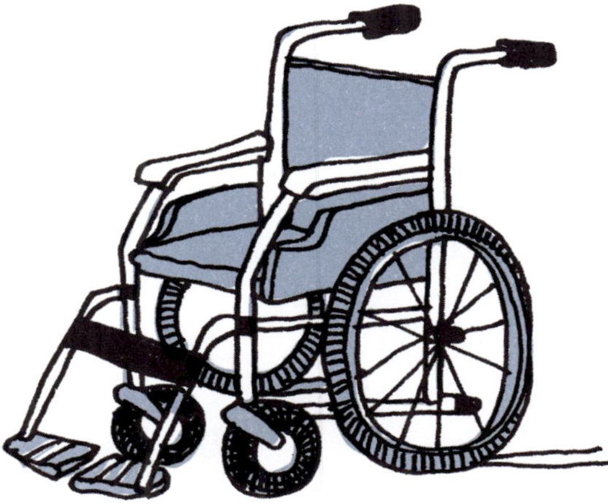

11 FLIEGEN & HEULEN & PLATZEN
DIE NACHT VERBRINGE ICH IN EINEM COMPUTERSPIEL...
...ICH TRÄUME, DASS ICH EINE FIGUR MIT SCHNURRBART UND GELBEN SCHUHEN BIN.
ICH KANN ZIEMLICH SCHNELL RENNEN, UND WENN ICH ANLAUF NEHME UND SPRINGE...
...DANN KANN ICH SOGAR EIN BISSCHEN FLIEGEN, ALLERDINGS NUR EIN PAAR METER, VIELLEICHT SO ETWA 10 ODER 20 UND NICHT BESONDERS HOCH, EINEN METER ÜBER DEM BODEN ETWA.
1
M
10 M
20 M
(fühlt sich trotzdem ganz lustig an)
ICH MUSS EINEN PARCOURS BEWÄLTIGEN, EIGENTLICH SIND ES NORMALE STRAßEN, NUR DASS ICH ALLEINE BIN...
...KEIN MENSCH WEIT & BREIT. AUTOS STEHEN RUM, UNTER DENEN MUSS ICH HINDURCHTAUCHEN, ÜBER HÄUSER MUSS ICH DRÜBERKLETTERN, DIE WÄNDE HOCH,
MICH AN FENSTERBÄNKEN UND REGENRINNEN HALTEN...

... AUF DIE DÄCHER STEIGEN UND VON DA TODESMUTIG WIEDER RUNTERSPRINGEN UND WÄHRENDDESSEN ALLE MÖGLICHEN GEGENSTÄNDE EINSAMMELN, DIE ÜBERALL VERTEILT HERUMLIEGEN.
MANCHE VON IHNEN LASSEN SICH GUT MITEINANDER KOMBINIEREN, DA KANN ICH EINEN APFEL IN EINEN HUT STECKEN...
... DEN HUT IN EINE JACKE WICKELN,
DIE JACKE IN EINEN KLEINEN EIMER TUN...
... UND SO WEITER.
Knöpfe,
Käfer,
Murmeln,
ALLES, WAS KLEIN GENUG IST, STECKE ICH IN MEINEN MUND, ICH HABE BACKEN WIE EIN HAMSTER.
WAS ICH NICHT EINSAMMELE ODER MIT MIR NEHME, DAS FÄNGT AN ZU WEINEN...
Kinderwagen,
pakete,
obst,
sandalen
Bücher,
Eierbecher...

... ALLES WEINT UND ZERPLATZT NACH EIN PAAR SEKUNDEN UND IST FÜR IMMER VERLOREN.
ICH MUSS SEHR SCHNELL ENTSCHEIDEN, WAS ICH MITNEHMEN WILL UND KANN UND WAS NICHT.
ICH KANN JA NICHT ALLES TRAGEN, MEINE ARME SIND SCHON GANZ VOLL, IN JEDER HAND FÜNF SACHEN, ALLES MÖGLICHE UNTER DIE ACHSELN GEKLEMMT, UNTER DEN PULLI GESCHOBEN ...
ICH SCHAFFE ES KAUM NOCH, IRGENDWAS ZU GREIFEN. MEINE SCHULTERN TUN WEH, ICH TRAGE EINEN SEHR SCHWEREN RUCKSACK, DER VIEL ZU VOLL IST.
SO KANN ICH AUCH NICHT MEHR ANLAUFEN, ABSPRINGEN UND FLIEGEN UND UM MICH RUM HEULT UND PLATZT ALLES UND IRGENDWANN BLEIBE ICH STEHEN, GANZ ERSCHÖPFT, UND GUCKE NACH OBEN ...

... UND PLÖTZLICH HABE ICH IRGENDWIE DAS GEFÜHL, DASS DA JEMAND GRÖẞERES ALS ICH SEIN MÜSSTE, JEMAND, DER MICH MIT SICH NIMMT.
ABER DA IST NIEMAND ODER JEDENFALLS NIMMT MICH NIEMAND MIT UND DA MERKE ICH, WIE ICH ANFANGE ZU WEINEN ...
UND NUR EINEN WINZIGEN MOMENT, BEVOR ICH PLATZE,
WACHE ICH AUF

12. Kapitel
Schildkrötenrummel

Wochenende. Seit wir kein blau-weißes Sofa mehr haben, sind unsere Frühstücke nicht mehr unendlich, nur noch lang. Mamas Pfannkuchen sind okay, aber nicht ganz so gut wie die des Mannes. In Kakao ist sie unschlagbar, in Pfannkuchen macht sie einen sicheren zweiten Platz.
Heute hat sie einen Termin, von dem sie mir nicht erzählen will, er wird lange dauern, sagt sie, aber morgen wird sie Zeit für mich haben, den ganzen Tag, dafür müsste ich mich heute selbst betrullern. Ich könnte ja zu meinen Freunden nach Mauldawien oder zu Opa oder beides und auch die Schildkröten bräuchten ein bisschen Pflege.

Als sie aus der Tür geht, räume ich den Tisch ab und überlege, was ich mit diesem Tag anstellen werde. Lenny und Roy langweilen sich im mickrigen Garten, deshalb gehe ich erst mal Paul besuchen.
Heute ist Zeit für die erste Lektion in Agentenwissen. Außerdem hat Paul vielleicht einen größeren Garten, dann könnten Lenny und Roy sich mal so richtig austoben, schildkrötenmäßig. Wenn Schildkröten toben, ist das ungefähr wie Seniorenbingo in Superzeitlupe, aber, hej, Hauptsache, die beiden haben Spaß.
Ich nehme Lenny in die linke und Roy in die rechte Hand und mache mich auf den Weg. Es sieht aus, als hätte ich zwei Döner in den Händen – ein hungriges kleines Mädchen mit zwei Panzerdönern mit je vier Beinen.

Als ich vor dem Haus stehe, in dem Paul wohnt, bin ich überrascht, hier stehen eine Menge Kinder und Jugendliche rum, Musik dröhnt aus einem offenen Fenster, ein paar spielen Tischtennis, manche rauchen, es sieht aus wie ein Schullandheim. Ich sehe mich um, aber Paul kann ich nicht entdecken.
Dann höre ich, wie jemand ruft: »Fett, guck mal, Schildkröten!«
Ich drehe mich um, und drei Jungs stehen vor mir und grinsen.
»Sollen die hier einziehen, oder was?«, fragt der Dicke in der Mitte.
Der links von ihm hat lange Haare und ein bisschen dünnen Bart: »Bist du neu hier, oder was?«
Ich verstehe nicht ganz, was los ist.
»Ich such Paul«, sage ich.
»Paul?«, sagt der Dicke. »Paul hat Hausdienst. Immer dem Staubsaugergeräusch nach.«
»Ej«, sagt der Langhaarige, »sind die echt?« Er zeigt auf Lenny und Roy.
»Nee«, sage ich, »die hab ich aus Schildkrötenholz geschnitzt und mit Lebewesenpaste eingeschmiert, die tun jetzt zweihundertfünfzig Jahre wie Schildkröten und dann zerfallen sie zu Brausepulver.«
Manchmal weiß ich nicht, wo das Zeug herkommt, das ich rede.
Also: offensichtlich aus mir selbst, aus dem Mund und der ist irgendwie an mein Gehirn angeschlossen,

aber es ist nicht so, dass ich das, was ich eben gesagt habe, vorher gedacht hätte. Ich bin jedenfalls erstaunt über das, was ich von mir höre. Und der Langhaarige auch. Er guckt wie ein krummer Nagel in der Wand, überlegt und dann fragt er ganz freundlich und ehrlich interessiert:

»Sind die giftig?«

»Nicht, dass ich wüsste, aber essen würd ich sie nicht.«

Die drei lachen. Ich gehe zur Haustür.

steht auf dem Schild neben der Tür und:

Ich höre den Staubsauger. Ich sehe mich um, dann gehe ich einfach durch die offene Tür, Lenny und Roy nehme ich lieber mit. Der Fußboden ist aus, na klar, Plastik. Er macht bei jedem Schritt ein schmatzendes Geräusch. Immerhin, ich mag es irgendwie, wenn Fußböden gefräßig oder hungrig sind oder wenigstens Appetit zu haben scheinen.

Ich höre den Staubsauger laut hinter einer angelehnten Tür, auf der »Gruppenraum« steht, ich klopfe an, und weil niemand etwas sagt, drücke ich die Tür vorsichtig auf. Da steht Paul etwas schief auf dem braunen Plastik und schiebt sehr konzentriert den Staubsaugerrüssel vor seinen Schuhspitzen her.
»Hallo, Paul«, sage ich, aber Paul hört mich nicht. Ich zappele ein bisschen mit Armen, Beinen und Schildkröten herum, dann bemerkt mich Paul, er tritt auf den Staubsauger und grinst breit.
»Paulina!«, sagt er.
Und ich sage: »Ja.«
»Sind das Schildkröten?«, fragt er.
Und ich sage: »Ja.«
Er überlegt einen Moment und fragt: »Sind die giftig?«
»Was habt ihr alle mit giftigen Schildkröten, seit wann sind Schildkröten giftig? Die sind nur ein bisschen lahmarschig, aber völlig ungefährlich.«
»Okay«, sagt Paul, »wusste ich nicht, ich hab noch nie 'ne Schildkröte gesehen. Also, nicht in echt. Darf ich die mal anfassen?«
»Klar«, sage ich und halte ihm Lenny und Roy hin.
»Lenny und Roy«, sage ich. »Das ist Paul. Ihr könnt die Köpfe wieder rausstrecken, Paul ist okay.«
»O-kay«, sagt Paul und lacht. »Würd ich auch gern können: Kopf einziehen.«
Er hält ihnen ganz vorsichtig je einen ausgestreckten Zeigefinger hin. Paul zittert ein bisschen, ich glaube, er hat doch Angst, dass sie ihn beißen und vergiften könnten.
»Willste die mal in die Hand nehmen?«

»Okay«, sagt Paul und ich lege ihm Lenny in die ausgestreckte Hand.
»Boah«, sagt Paul und setzt sich auf das braune Sofa. Er guckt abwechselnd Lenny und mich an und grinst wie verrückt. »Die ist ganz hart«, sagt er.
»Ja, na ja, Schildkröte, ne?«, sage ich.
»Ich mag Tiere«, sagt Paul.
»Ich auch«, sage ich.
»Okay«, sagt Paul und stupst Lenny an verschiedenen Stellen an, er drückt sanft auf seinen Panzer, streichelt über seine Beinchen und befühlt seinen Bauch.
»Kann die reden?«
»Nee«, lache ich, »Schildkröten reden nicht.«
»Auch nicht Schildkrötisch?«
»Nee, ich glaube, die unterhalten sich echt gar nicht. Ganz manchmal, wenn die sich so richtig doll erschrecken, dann ziehen die ihren Kopf so schnell ein, dass es so ein bisschen zischt, aber sonst hab ich noch nie was von denen gehört.«
»Okay«, sagt Paul, »ich hab gedacht, dass die vielleicht so ein bisschen rumblubbern, weißt du, so blubb, blubb oder bumbumbum. So sehen die aus, finde ich ...« Paul überlegt und kratzt sich im Nacken. »Sind die beiden Freunde?«, fragt er.
»Schätze schon, wär doof für sie, wenn sie sich nicht mögen würden. Verbringen nämlich viel Zeit miteinander.«
»Ich bin gleich fertig hier, wollen wir dann spazieren gehen?«, fragt Paul. »Ich hab einen Hund, den können wir besuchen.«
»Du hast 'nen Hund?«
»Ja.« Paul nickt ganz aufgeregt, und ich sehe viel Gelb.
»Klar.«

Paul trägt Lenny, ich trage Roy. Wir laufen über die Felder hinter den Hochhäusern, die Sonne scheint, Paul hält Lenny wie ein Flugzeug und rennt um mich herum, er macht Flugzeuggeräusche und ich hoffe, dass Lenny nicht schwindelig wird.

»Boah«, sagt Paul schwer atmend, »das muss doch echt turbo-schnell für die sein, ich meine: normal auf 'nem Arm bei 'nem Menschen, das ist doch schon ungefähr fünfmal schneller als normale Schildkrötengeschwindigkeit, aber rennen, das ist dann ja noch dreimal schneller, also achtmal schneller insgesamt oder fünfzehnmal, keine Ahnung. Schnell auf jeden Fall.«

»Ja. Schnell auf jeden Fall«, sage ich.

»Boah, dann ist das wie Rummel grade, wie Achterbahnfahren. Schildkrötenrummel!«

Er dreht sich um sich selbst wie eine Schraube, die Kröten am Ende seiner ausgestreckten Arme. Paul ruft: »Karussell!«

»Paul.«

»Mh?«
»Wasn das eigentlich fürn Haus, in dem du wohnst?«
»Jugendwohngruppe.«
»Was' das?«
»'ne Wohngruppe für Jugendliche.«
»Warum?«
Paul zuckt die Schultern. »Is so«, sagt er und guckt Lenny tief in die Augen.
»Ach so«, sage ich, »und wo ... wohnt dein Hund?«
Paul grinst und guckt mich kurz an: »In der Hundewohngruppe. Das ist 'ne Wohngruppe für Hunde.«
»Is das so?«, frage ich und grinse zurück.
»Das is so«, sagt Paul.
»Weißt du, warum ich zu dir gekommen bin, heute?«
Paul guckt mich an: »Weil du mit deinen giftigen Schildkröten angeben wolltest, schätze ich?«
»Nee«, sage ich, »weil heute Agentenunterricht ist. Ich wollte dir ein paar Sachen erklären.«
Paul nickt: »Okay!«

Auf einigen Feldern stehen und liegen junge Kühe in Gruppen und gucken uns mit großen Augen an. Sie kauen gelassen und überlegen wahrscheinlich, was wir hier machen.
Paul fetzt los. Ich guck mich um, dann renne ich hinterher, auf eine Gruppe von Bäumen am anderen Ende der Wiese zu. Lenny mit Paul, ich mit Roy. Paul sieht sich immer wieder nach mir um, er ist fünfzig Meter vor mir, aber er ist auch ein verdammter Lulatsch, seine Arme sind länger als meine Beine. Paul rast in das Mini-Wäldchen, bremst und lacht und keucht. Dann klettert er auf eine große, alte Trauerweide und ruft Worte Richtung Wipfel, die ich nicht verstehe, aber er will, dass ich ihm hinterherklettere, so viel ist sicher. Die Weide steht etwas schräg am Feldrand und beugt sich über einen kleinen Weiher. Man kann wirklich gut auf sie klettern, weil sie ihre Äste wie Hände unter einem ausbreitet. Paul ist öfter hier, er hat ein kleines Brett zwischen zwei Ästen angebracht, auf dem wir zu zweit gut sitzen können.
»Du könntest die Geschichte weitererzählen«, sagt Paul.
Die GESCHICHTE, raunt eine Stimme irgendwo in meinem Inneren und meine Hand holt weit aus, ich atme tief und wie von selbst hebt sich mein Blick, die Augen stellen auf unendlich und eine kleine Pause entsteht, dieser kurze Moment, wie im Kino, wenn das Licht ausgeht. Paul sieht mich an.
Ich sage: »Ich warf mir aus Zeitgründen nur einen Bademantel über, und noch bevor die Sonne durch den Wolkenschleier brach, hatte ich meine ganze Truppe aus den Betten geklingelt. Wir standen auf der Straße und keiner wusste nichts. Ich sehe sie noch vor mir: wie sie sich verschlafen die Augen reiben und keinen Schimmer davon haben, dass dies der Tag sein würde.«

Paul fragt: »Wann geht's denn endlich los mit der Geschichte?«
Ich grunze zurück: »Sie ist in vollem Gang.«
Er rutscht ungeduldig auf dem Brett hin und her, während er mit den Fingern gegen Lennys Beinchen tippt, wie ein vorsichtiger kleiner Junge Tasten auf einem Klavier drückt.
»... Ich erzählte ihnen von meiner Eingebung, diesem Gefühl, dass etwas nicht stimmte. Danach stand die Stille als Person in der Straße von Mauldawien. Keiner sprach ein Wort, wir waren die einzigen Menschen weit und breit. ›Es geht um alles‹, rief ich meinem Team zu. ›Wir müssen rausfinden, was los ist. Jemand ist in Not! Wir werden gebraucht.‹ «
Paul fragt: »Die Stille als Person?«
Ich wische alle Fragen mit der Hand aus der Luft und erzähle weiter: »Pit war noch im Halbschlaf, er faselte etwas von der Katze seines Nachbarn, die verschwunden war. Und Julius sagte, dass die seiner Oma ebenfalls vor ein paar Tagen verschwunden und nicht aufzufinden war. In meinem Kopf überschlugen sich die Ereignisse. Blitzschnell entschied ich, dass wir Narben-Jack finden mussten.«
»Narben-Jack?«, fragt Paul.
»Das ist ein wilder Kater, der mit immer neuen Narben durch Mauldawien zieht und manchmal in unserem Garten wohnt und sich erholt, bis er weiterzieht, um sich neue Narben zu holen.«
»Geht es eigentlich um Katzen oder um Menschen?«, fragt Paul.
»Um Leben und Tod! Wir sind ausgeschwärmt und haben den vernarbten Kater gesucht. Haben Bilder von ihm gemalt, weil

Der BERÜHMTE KATER:
NARBEN-JACK ist
VERSCHWUNDEN!!!
Er wurde zuletzt gesehen vor
9 Tagen am Stamm der alten Kastanie.
ZAHL-
REICHE
NARBEN
ROT
GETIGERTES
FELL
Sachdienliche Hinweise zu jeder Tages-
zeit bitte an Agent Pit unter
Agent Pit: 522778
Agent Pit, tlf.nr. 522778
Agent Pit: NO 522778
Agent Pit: tlf.nr. 522778
AGENT PIT: 522778
Agent Pit: 522778
Agent Pit, tlf.nr.: 522778

wir kein Foto hatten, und haben die Bilder ausgehängt, sind zu Nachbarn gegangen, haben Passanten befragt. Und was wir rausbekommen haben: dass in den letzten fünf Wochen sechs Katzen verschwunden waren – und das nur in den Straßen rund um Mauldawien ...«

Paul nickt und sieht mich an, er wartet.

Wenn ich mich so daran erinnere, wird das Herz in meiner Brust ein Hamsterrad.

»Paul«, sage ich, »wir können nicht die ganze Zeit quatschen. Ich will deinen Hund kennenlernen und ich muss dir eine Geheimsprache beibringen.«

»Geheimsprache?«

»Ja, wenn du ein Co-Agent werden willst, musst du unsere Sprache verstehen.«

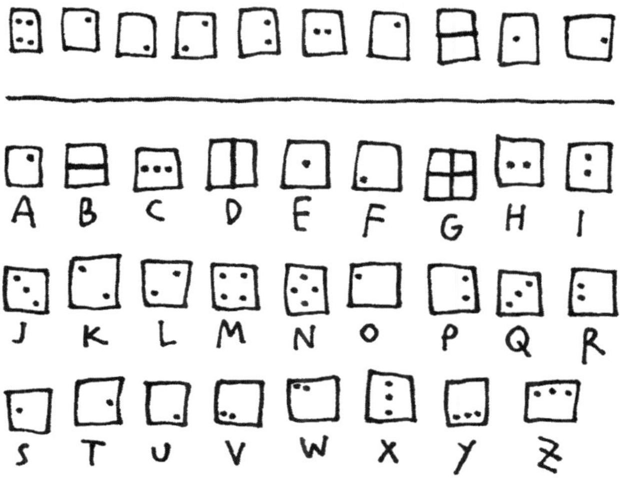

»Ihr habt eine eigene Sprache?«
»Oh ja. Die habe ich entwickelt, zusammen mit dem General für Käse, der kennt sich mit so was aus«, sage ich und hole meinen Block aus dem Rucksack.
»General für Käse?«, fragt Paul und guckt wie ein General für keine Peilung.
Ich winke ab und schlage den Block auf und erkläre Paul mein Alphabet für geheime Nachrichten.
»Du solltest es auswendig lernen«, sage ich. Und Paul nickt. Er hält sich das Blatt direkt unter die Nase. »Nicht jetzt«, sage ich, »aber auf die Dauer ...«
»Okay«, sagt Paul und guckt vom Block zu mir, zum Block, zu mir. »Das hast du dir ausgedacht?«
Ich nicke.
»Du bist ganz schön klug, oder?«

Geheimversteck

– ZUR AUFBEWAHRUNG WICHTIGER UNTERLAGEN & GEHEIMER GEGENSTÄNDE

① DU BRAUCHST:

ein altes, möglichst dickes Buch

ein Teppichmesser (Vorsicht!)

ein Lineal

ein wenig Klebeband

evtl. ein Stück Karton/Pappe, um eine Schablone herzustellen

② LEICHT GEMACHT:

DU SCHNEIDEST ZUERST EINE SCHABLONE AUS KARTON ZURECHT. SIE MUSS UNGEFÄHR HALB SO LANG & HALB SO BREIT WIE DIE SEITE DEINES BUCHS SEIN.

DANN SCHLÄGST DU DAS BUCH AUF UND BLÄTTERST ETWA EINEN FINGERBREIT WEITER, HIER LEGST DU DIE SCHABLONE IN DIE MITTE DER SEITE UND SCHNEIDEST NUN MIT DEM TEPPICHMESSER AN DEN KANTEN ENTLANG.

ES ENTSTEHT EIN GEHEIMES FACH IM BUCHINNEREN! DU KANNST, UM DEM GANZEN EIN WENIG MEHR STABILITÄT ZU GEBEN, DIE INNENSEITE MIT ETWAS KLEBEBAND BEFESTIGEN.

FERTIG!

»Is gar nicht kompliziert. Nur kompliziert zu entschlüsseln, wenn keiner den Code kennt. Deshalb musst du diesen Zettel verstecken, so gut es geht! Und zum Beispiel mit dem Haartrick sichern. Keiner darf das lesen. Klar?«

»Klar«, sagt Paul und glotzt weiter auf den Zettel. Ich hole das Buch aus meinem Rucksack und gebe es Paul.

»Deshalb hab ich dir ein Geheimversteck mitgebracht. Da kommen alle geheimen, wichtigen Sachen rein: Schlüssel, Fotos, Berichte, Zeichnungen, Fingerabdrücke, so was, klar?«

»Ins Buch?«

»Ins Buch. Mach mal auf.«

»Das ist für mich?«, fragt Paul. Ich nicke.

»Paulina«, sagt Paul, »kennst du alle Tricks?«

»Bestimmt nicht«, sage ich.

»Aber viele.«

»Viele schon.«

»Wie viele?«

»Phh«, mache ich mit dem Mund, »hundert vielleicht oder zweihundert.«

»Wie viele Sprachen sprichst du?«

»Das sind ja keine richtigen Sprachen, das sind ja nur –«

»Wie viele?«

»Weiß nicht«, ich überlege, »vielleicht fünf. Und Deutsch.«

»Kannst du mir alles beibringen?«

»Schätze schon. Aber nicht heute.«

Die Sonne geht auf, direkt neben mir.

Ich nicke. »Wir müssen los«, sage ich, »holen wir deinen Hund.« Und wir springen vom Baum, fetzen über die Felder, dass die Kröten krakeelen würden, wenn sie könnten: woohoo!

13. Kapitel
Kurt knurrt (nicht)

»Manchmal riechst du‘s einfach«, sage ich und tippe auf meine Nase, »und ich habe es einfach gerochen irgendwie. Weißt du, das hat mir keine Ruhe gelassen. Wir haben erst mal die Gegend beobachtet und versucht Katzen anzulocken. Zwei Tage lang haben wir nach Katzen Ausschau gehalten. Wir haben nur noch drei frei laufende gefunden. Denen sind wir gefolgt, haben uns aufgeteilt und versucht sie zu beschatten.«
»Ihr seid den Katzen den ganzen Tag hinterhergelaufen?«

»Was hätten wir deiner Meinung nach tun sollen?«

Paul zuckt die Schultern und drückt die Klingel. Da bricht ein Sturm von Hundegebell los und steht wie eine zweite Wand vor uns.

»Paul«, sage ich und grinse, »sei ehrlich: Wie viele Hunde hast du?«

»Hundert vielleicht«, grinst Paul zurück, »oder zweihundert. Und einer von ihnen spricht meine Sprache, das ist Kurt.«

Zusammen mit Frau Pinkepank stehen wir vor einem großen Hundezwinger. Frau Pinkepank trägt ein Kleid mit einem Blumenmuster, das in den Augen wehtut, wenn man es zu lange anschaut. Unten heraus gucken ihre Beine, die in eine Fleischwurststrumpfhose eingepackt sind. Es riecht nach Schweiß und Fell und Futter. Frau Pinkepank hat einen kleinen schwarzen Bart auf der Oberlippe. Sie lächelt uns an und sagt: »Siehstema, Paul, wie der Kurti sich freut!«

Und tatsächlich dreht der kleine struppige Hund fast durch vor Freude. Er wirbelt im Kreis, als wollte er sich selber einfangen. Paul steht mindestens so hibbelig vor dem Gitter, trommelt auf seinen Oberschenkeln, trippelt mit den Füßen. Frau Pinkepank sagt: »Na?«, und rüttelt am Schloss. Dann lächelt sie und zieht langsam die Tür auf.

»Mach ihn doch mal von der Leine ab«, sage ich, als wir wieder auf den Feldern sind.
»Darf ich nicht«, sagt Paul.
»Wieso?«, frage ich.
Paul zuckt die Schultern: »Sagt Frau Pinkepank, weil: Wenn der wegläuft wahrscheinlich.«
Ich nicke. »Wie habt ihr euch denn kennengelernt?«, frage ich.
»Kurt ist wirklich mein Hund, hat mein Vater mir geschenkt, als ich acht geworden bin, aber ich darf keinen Hund haben in der Wohngruppe. Ich kann ihn besuchen kommen, so oft ich will.«
»Knurrt Kurt eigentlich?«, frage ich.
»Nö«, sagt Paul, »der bellt nicht mal, also nur ganz, ganz selten.«
»So wie du«, sage ich.
»Ja, so wie ich. Wir reden beide nicht so viel, schätze ich.«
»Aber Knurren ist gut, das ist wie Maulen, nur auf Hündisch, weißt du? Außerdem klingt das auch gut: Kurt knurrt.«
»Da ist was dran«, sagt Paul. »Vielleicht können wir's ihm beibringen.«

Kurt knurrt nicht. Oder er knurrt so leise wie Lenny und Roy. Es wäre wirklich

fantastisch, wenn Kurt sich irgendwann überreden ließe, denn ein knurrender Kurt wäre eine ordentliche Verstärkung für den Club der Agenten. Ein Hund, der schnüffeln, Fährten lesen und knurren kann! Wir könnten ihn einsetzen: gegen den Mann! Eine maulende Maulina und ein knurrender Kurt, dazu ein pöbelnder Paul – voll aufs MAUL!

Wir essen Eis auf einer Bank, lassen Kurt die Kröten beschnüffeln. Lenny und Roy fahren die Köpfe ein und aus und ein, ich muss an Liegestützen denken und erzähle Paul von meinem Trainingsplan. Dass ich jeden Morgen zwanzig Minuten früher aufstehe, um zu trainieren. Agenten müssen fit sein. Und die Muskeln, das hat der Biolehrer in Mauldawien uns erzählt, die man in unserem Alter anlegt, die bleiben ein Leben lang.

»Außerdem«, sage ich und sehe Paul tief in seine grauen Augen, »hilft es dir dabei, dich auf das Wesentliche zu konzentrieren. Meine Eingebungen habe ich alle beim Training gehabt.«

»Deine Eingebungen?«, sagt Paul. Rostbraune Splitter sind in seiner grauen Iris verteilt. Ich nicke und erzähle Paul, wie ich plötzlich in mir drin spürte, wo ich Narben-Jack finden würde, und wie er dann genau da war, wo ich ihn vermutet hatte: in der Maulhöhle. Ich rief das Team wieder zusammen und erklärte ihnen den Plan: Wir würden Narben-Jack auf die Straße setzen und ihm unauffällig folgen, würden ihn beschatten und so würden wir dem Katzenmörder auf die Schliche kommen.

»Ah«, macht Paul.

»Was ah?«, frage ich.

»Also geht's um Katzen. Ein Katzenmörder.«

»Mord ist Mord«, sage ich.

»Na ja«, sagt Paul. »Schon mal 'ne Fliege erschlagen? Schon mal 'ne Wurst gegessen?«

»Katzenwurst jedenfalls nicht«, sage ich und stehe auf und stelle mich in voller Größe hin.

»Gerade als nur noch ich allein auf dem Posten war, weil alle anderen zum Mittagessen mussten, nur ich nicht, weil ich eben der Chefermittler bin und sowieso nicht essen kann, wenn ich mich erst mal in einem Fall festgebissen habe; da stiefelt ein Mann mit einer Nase, die aussah wie eine nicht ganz frische Mandarine, auf Narben-Jack zu und beugt sich zu ihm runter und flüstert etwas. Narben-Jack ist sicher kein leichter Fall, er ist so was wie eine Wildkatze, ausgestattet mit allen Instinkten, und noch ehe die olle Mandarine irgendwas machen konnte, war der Kater im Gebüsch verschwunden. Mandarinenmann hockte da, mit einem schiefen Grinsen im Gesicht. Ich spürte es. Wie ein Schlag in die Magengrube!«

»Was?«

»Ach, Paul ... Und ohne zu zögern, entschied ich mich, der Mandarine zu folgen ... Ich gab meine Koordinaten per Funk durch und erbat schnellstmögliche Verstärkung. Keine drei Minuten später waren alle Detectives an Bord. Außer Pit –«

»War das alles in ... diesem Königreich?«

»Mauldawien, ja!«

»Wieso seid ihr eigentlich da weggezogen?«

»Ja«, sage ich, »das ist so eine Sache.«

14. Kapitel

Ein Mann, kein Wort

Paul und ich und unser kleiner Zoo, wir fahren mit dem Bus nach Mauldawien. Ich zeige Paul alles: die Straße, den Garten, die Höhle, das Haus, meine Freunde. Das ganze Maulreich.

Kurt darf die Maulhöhle inspizieren, Lenny und Roy dürfen einen Ausflug in ihr altes Leben machen. Sie fetzen in einem Affenzahn über den hoch stehenden Rasen, wieseln den Birnbaumstamm hoch, pflücken in Überschallgeschwindigkeit Mücken aus der Luft, schwingen sich wie Äffchen durch die Baumkronen und pfeifen kleine laute Lieder. NICHT. Trotzdem sehen sie irgendwie gut gelaunt aus. Kurt riecht am Blumenkübel der Wurstfingernachbarn, hebt das Bein und pinkelt dagegen. Kurt und ich, wir werden Freunde, ich spüre es.

Ich stelle Paul meinen Freunden und Mitagenten vor: Julius, Bart, Luise, Mona und Pit. Nach jedem Namen sagt Paul: »Okay.« Sogar nach seinem eigenen. Er guckt die fünf nur für je eine halbe Sekunde an und dann immer lange auf seine Schuhspitzen, so als müsste er sie dringend im Auge behalten.

Es tut gut, wieder hier zu sein, wir haben eine Menge zu besprechen. Wir springen Trampolin in Barts Garten und Pits Meerschweinchen haben schon wieder Nachwuchs bekommen.

DAS GANZE MAULREICH
Luise
Pit
Ich
Bart
Mona

»Wisst ihr noch«, sage ich und lande auf dem Hintern und jage in die Höhe und schwebe (wie immer zu kurz!), dann abwärts und lande auf den Füßen, »wie wir die Verfolgung aufgenommen haben?«

»Jaa!«, brüllt Bart. »Ich weiß noch genau, wie ich einfach hinter ihm her in den Laden bin, als ob ich ganz normal was kaufen wollte, dabei hatte ich nicht mal Geld dabei!«

»Und du hast gesehen, wie er Katzenfutter gekauft hat, das Schwein!«, sagt Mona.

»Ja und dann«, sagt Julius, »kommt Bart wieder raus, nickt und wir wissen alle Bescheid.«

Pit guckt grimmig. Kickt knurrig Steinchen in alle Richtungen.

»Alle waren dabei, nur ich nicht«, mault er, weil er es hasst, irgendwo nicht dabei gewesen zu sein. Pit verpasst immer alles, jedenfalls hat er das Gefühl.

Ich springe vom Trampolin, das Luise sofort neu besetzt, und gehe zu Paul.

»Weil du irgendein wichtiges Spiel hattest«, sagt Bart und stößt ihn an.

»Irgendein wichtiges Spiel! Wie wichtig war das wohl? So richtig wichtig? Weißt du noch die Sportart?«

Bart schüttelt den Kopf und zuckt die Schultern. Wüsste ich aber auch nicht mehr. Was daran liegt, dass Pit ungefähr jeden Sport macht. »Siehst du«, ruft Pit, »so wichtig, so richtig wichtig! So verdammt wichtig, dass ich nicht dabei sein konnte, als wir unseren größten Fall hatten!!«

Ich sage: »Wir folgten der Zielperson bis zu ihrem Wohnort.«

»Kennst du den Speckturm, hier hinter dem Kreisel?«, fragt Julius.

1
2
3
4
5
6
7
8
9
PIT MACHT UNGEFÄHR JEDEN SPORT
1 TURNEN 2 BADMINTON 3 VOLLEYBALL
4 KITE-SURFEN 5 SCHWIMMEN 6 TURMSPRINGEN
7 RADFAHREN 8 SKATEN 9 ULTIMATE FRISBEE

Paul schüttelt den Kopf.
»Na, egal«, sagt Julius, »das ist so ein Wohnblock, da wohnen viele alte Leute, die aussehen, als würden sie sich nur von Speck ernähren. Da verschwand die Mandarine in Hauseingang 73b.«
»Und ich hab grad noch rechtzeitig den Fuß reinbekommen«, sagt Bart, »und dann sind Luise und ich neben dem Fahrstuhl über die Treppen in den vierten Stock, da ist er ausgestiegen.«
»Wir sind weiter hochgerannt«, sagt Luise, »damit die Mandarine keinen Verdacht schöpft, dann sind wir wieder runter und konnten noch gerade so sehen, in welcher Tür er verschwindet.«
»... und hatten seinen Namen«, grinst Bart.
»Als es dunkel wurde, mussten wir uns aufteilen«, erkläre ich Paul, »unsere Eltern mussten benachrichtigt werden. Ich ging mit Mona nach Hause, wir sagten allen Eltern, dass wir bei Mona auf einen Kino-Abend eingeladen waren.«
Mona nickt: »Ich wohn ein bisschen außerhalb und mein Vater hat mir einen Beamer geschenkt und manchmal dürfen wir Kino-Abend machen ...«
»Und Monas Mutter haben wir gesagt, wir hätten Bandprobe.«
Mona sagt: »Wir sind keine richtige Band, aber Paulinas Vater –«
Ich huste. Mona hält inne, sieht mich an.
»Ju–«
Ich huste. Mona sieht mich an. »Der Mann«, sage ich.
»Der Mann?«
Ich nicke.
»Der Mann«, sagt Mona, »übt manchmal kleine Sachen mit uns ein. Ju–, der Mann ist Musiker, er spielt Cello im Orchester. Und Gitarre in einer Band und er macht auch Musik am Computer

und dafür braucht er manchmal uns, die krummen Kröten, das kleinste Orchester der Welt. Und er zeigt uns, wie man trommelt, klatscht und singt –«

»Die Zielperson«, unterbreche ich, »verließ kurz nach Anbruch der Dämmerung den Speckturm und machte sich, eine blaue Plastiktüte tragend, Richtung Mauldawien auf. Am griechischen Restaurant machte die Zielperson die erste Pause, sah sich um und legte etwas aus, am Rand der Terrasse, zwischen den Blumenkübeln …«

»Das Katzenfutter«, ruft Pit aufgeregt, obwohl er nicht dabei gewesen ist, aber so als wäre er dabei gewesen. »Offene Dosen! Gift reingemischt!«

»Ich wollte ihn auf frischer Tat ertappen«, sagt Bart und schüttelt den Kopf.

»Wir haben Fotos gemacht, die in der Dunkelheit leider nicht besonders gut geworden sind«, erklärt Julius. »Und mit etwas Abstand haben wir die Dosen eingesammelt.«

»Drei Stück«, sage ich, »in Plastiktüten. Wir haben das Beweismaterial nicht beschädigt. Und dann sind wir zur Polizei, haben das Katzenfutter abgegeben und unsere Observationsergebnisse erklärt.«

»Und dann?«, fragt Paul.

»Dann«, sage ich, »dann hat der Polizist die Dosen angeguckt.«

Bart lacht: »Ja, einfach ziemlich lange auf die Dosen geglotzt. Und dann hat er wirklich gesagt: Sachbeschädigung.«

»Wie?«, sagt Paul.

»Katzen töten is Sachbeschädigung.«

»Nee«, sagt Paul.

»Ja«, sagt Bart. »Du kannst ’ne Anzeige wegen Sachbeschädigung erstatten.«

»Solltest du sogar«, sagt Julius, »denn wenn’s keine Anzeige gibt, dann heißt das ja, dass keiner sich beschwert, dass seine ›Sachen beschädigt‹ wurden – also ist auch nichts passiert.«

»Man kann einfach Katzen töten?«, fragt Paul entsetzt.

»Wenn sich niemand beschwert«, sagt Bart und zuckt die Schultern.

»Und selbst wenn«, sagt Pit und schnauft und winkt ab. »Wenn du ’ne Packung Eier klaust, hast wahrscheinlich mehr Ärger.«

»Also haben wir die Anzeige erhoben«, sagt Mona, »aber der Polizist hat uns erklärt, dass es zu teuer ist, das Katzenfutter ins Labor zu schicken, um es untersuchen zu lassen.«

»Aber wir haben natürlich nicht lockergelassen«, sagt Luise, »wir haben ihn dazu gebracht, dass er zwei Polizisten zu dem Katzenmörder geschickt hat. Die haben nur bei ihm geklingelt und wollten sich mit ihm unterhalten. Aber der Mörder ist sofort auf die Polizisten los. Dem einen hat er die Nase gebrochen.«

Bart schüttelt den Kopf. »Dafür ist er bestraft worden, nicht für die Katzen, weißt du«, sagt er.
»Immerhin«, sage ich, »dass der Polizist die Nase hingehalten hat, war das Beste, was passieren konnte.«
Pit grummelt: »Und paar Tage später stand dann diese Frau von der Zeitung vor unserer Tür und wollte einen Bericht über uns schreiben. Ich durfte sogar mit aufs Foto, obwohl ich ja rhythmische Sportgymnastik gemacht hab, als die Detectives die Welt gerettet haben ...«
»Und durch den Artikel«, sagt Mona, »hat die olle Mandarinennase echt ein paar Probleme bekommen, weil das Nachbarn mitgekriegt haben und die haben ihn nicht mehr in Ruhe gelassen, und der Katzenmörder musste umziehen«, Monas Augen funkeln, »– durch unsere Hinweise!«
Paul nickt und sagt: »Okay.« Er ist beeindruckt, glaube ich, von diesen vielen Freunden, so auf einmal, aber er schlägt sich gut. Es ist gut, wenn wir reden, dann muss Paul nicht so viel erzählen, es fühlt sich überhaupt nicht komisch an mit ihm hier. Er ist einfach dabei, er guckt und grinst und nickt, seine Schuhspitzen immer im Blick.
»Er hat ganz schön gelbe Zähne«, flüstert Pit mir ins Ohr und ich zucke mit den Schultern.
»Er ist okay«, sage ich, »der einzig Vernünftige da drüben in Plastikhausen, guter Typ.«
»Bist verliebt?«, fragt Pit. Als hätte ich nichts Besseres zu tun. Interessiert mich wie Ohrenschmalz, mal ehrlich.
»Nee, nich verliebt. Paul is mein Kumpel«, sage ich, »so wie du.«

Wir stehen auf der Straße und werfen Steine in eine Blechdose. Ich frage, ob sie den Mann manchmal sehen, Pit und Julius nicken, die anderen schütteln den Kopf, aber irgendwie unentschlossen, und ziehen die Schultern dabei in Richtung Ohren.
»Joar«, macht Bart, »schon. Er fährt hier ja immer mit seinem Fahrrad rum und er grüßt auch, aber ich hab nicht mit ihm geredet oder so.«
Aus der Ferne hören wir den Kirchturm. Es ist sechs, das Zeichen, alle müssen nach Hause, Abendessen.
Luise sagt, wir können mit zu ihr, das wär sicher kein Problem, aber Paul und ich haben keinen Hunger, außerdem müssen wir in der Nähe meines Hauses bleiben, irgendwann muss der Mann ja wiederkommen. Paul soll ihn sehen und der Mann soll mich sehen. Sehen, das ist alles, aus der Ferne nur. Ich habe bisher jedes Telefonat abgelehnt, keinen seiner Briefe gelesen, und ich habe ihm verboten, mich zu besuchen. Jetzt ist es so weit, er soll mich sehen, soll sehen, dass es mir gut geht, dass ich zurechtkomme, und ihm soll das Herz zerspringen. Er soll sich nach mir sehnen und zu Mama und mir kommen und sagen:

"Pustekuchen, Schnapsidee, packt eure Sachen, ihr zwei beiden, UND KOMMT ZURÜCK NACH MAULDAWIEN."

Wir setzen uns auf die Bank zu den Krähen, die sich heute allerdings anscheinend woanders treffen, und spielen Karten. Ich erkläre Paul mein Lieblingsspiel: Maul-Maul. Aussetzen bei 'ner Acht, zwei ziehen bei 'ner Sieben, wer als Erster alle Karten los ist, hat gewonnen.
»Irgendwie kenn ich das«, sagt Paul. Wir grinsen.
Und dann biegen zwei Fahrräder in unsere Straße ein. Ich erkenne: den Mann. Ich erkenne nicht: die Frau, die auf dem zweiten Fahrrad neben ihm fährt und mit offenem Mund lacht. Sie hat kurze Haare, große Augen und ist so dünn wie ich. Was ist hier los? Ich stehe auf und laufe los. Paul packt den Zoo zusammen und hastet hinterher.
Ich laufe und laufe und in vielleicht zweihundert Metern Entfernung bleibe ich stehen und glotze nur. Ich fasse es nicht. Der Mann und eine Frau. Eine Frau, die ich noch nie gesehen habe. Der Mann sagt irgendwas, ich kenne es, wenn er so albern ist, er macht ungelenke Bewegungen mit seinen großen Händen und wackelt albern mit den Schultern, dann sieht er aus wie ein unbegabter Tänzer, aber das kann hinreißend sein, sie lachen miteinander und schließen ihre Fahrräder an. Die Frau legt ihre Hand auf den Arm des Mannes und dann verschwinden sie wie selbstverständlich im Haus, sie verschwinden in Mauldawien! Und da?
Da setzen sie sich auf das blau-weiße Sofa, das kann ich mir denken, sie essen von unseren Tellern, sie laufen mit ihren verdammten Füßen auf meinem alten hungrigen Holzfußboden, sie specken meine Lichtschalter weiter ein, sie gucken durch meine Fenster hinaus in die Welt.

Mein Maul klappt auf. Ich schreie. Es ist ein Ton, wie Kreuzfahrtschiffe ihn von sich geben, wenn sie zu einer Weltreise aufbrechen. Oder wie ein leerer, vierzehn Kilometer langer Güterzug aus Stahl, der mit hundert Sachen über alte Gleise scheppert. Oder wie die Sprengung eines Hochhauses. Oder wie das alles zusammen. Nach vielleicht zwanzig Sekunden geht die Tür wieder auf und der Mann tritt auf die Straße, er sieht sich um und dann mich an. Er macht kleine Schritte, dann immer größere.
Paul legt seinen Arm um mich, er ist ganz durcheinander von dem Lärm, der aus mir rauskommt. Er hat Maulina noch nicht wirklich kennengelernt. Aber ich weiß auch nicht so genau, was hier gerade geschieht. Ich weiß nicht, was ich tun soll. Ich erinnere mich an die eine Regel, die es gibt: Ich werde nicht mit dem Mann reden! Und deshalb schreie ich weiter und ich werde so lange schreien, bis mir bitte, bitte irgendetwas einfällt.
Ich schreie und will, dass der Mann irgendwas macht, es ist seine Aufgabe, etwas zu machen, und dann mache ich einfach nicht mit bei dem, was er macht. Einfach um ihm zu zeigen, dass ich nicht mehr auf seiner Seite bin.
Und dann soll der Mann gefälligst begreifen und heulen, das Herz soll ihm eingehen wie ein Blümchen im Backofen, er soll mich sehen und in mir alles, was er kaputt gemacht hat. Und er soll sich auf die Knie werfen und um Verzeihung bitten und alles wieder gutmachen. Und er soll nicht lachen und mit anderen Frauen Fahrrad fahren und seine Schultern für sie schütteln und sich von ihnen am Arm anfassen lassen. Und er soll mich nicht in den Arm nehmen, aber das tut er in genau diesem Moment. Und ich höre trotzdem kein bisschen auf zu schreien.

Und irgendwann dann doch, aber nur, weil sowieso kein Ton mehr aus mir herauskommt. Ich habe mich leer geschrien. Und was jetzt noch kommt, das sind Tränen.
»Paulina, meine Paulina«, sagt der Mann. »Ich hab dich so vermisst, Maule Kleine«, sagt der Mann. Und ich sage kein Wort und der Mann umarmt mich immer noch und seine großen warmen Hände streicheln mich und kneten mich und wuscheln durch mein Haar. Ich stehe so steif wie ein Stock, blicke in die Ferne, Augen auf unendlich. Ich sehe nur verschwommen und ich weiß nicht, was ich machen soll.
»Maule Kleine«, sagt der Mann noch einmal, »da bist du ja. Endlich bist du da.«

Und ich wünsche, ich wäre ganz weit weg, denn es gibt nichts Falscheres, als hier zu sein, in den Armen des Mannes. Jetzt hat er mich doch tatsächlich frei Haus geliefert bekommen und musste sich nicht mal anstrengen. Ich Idiot stehe einfach hier vor seiner Tür, er fährt Fahrrad mit einer fremden Frau und lacht und witzelt und backt ihr wahrscheinlich die besten Pfannkuchen der Welt mit Stinkekäse und Himbeermarmelade und ich komme als Sahnehäubchen des Tages vorbei und er kann seine Arme einfach um mich legen und flöten, er habe mich vermisst. Erstunken und erlogen!
Ich antworte gar nichts. Es ist still, da ist nur der Atem des Mannes, ein bisschen Insektengesumme und ein paar kleine Vogelstimmen, von mir kein Wort.
»Hallo«, sagt Paul mitten in die Stille. Der Mann guckt Paul an, Paul guckt eine halbe Sekunde in das Gesicht des Mannes und dann auf seine hochinteressanten Schuhspitzen.
Kurt hechelt, Lenny und Roy haben alles Einziehbare an ihrem Körper unter ihren dicken Panzer gezogen.
Paul hält sie noch immer wie Döner in den Händen, dann sagt er: »Ich bin Paul.«
»Hallo, Paul«, sagt der Mann und nimmt eine seiner warmen Hände von meinem Körper und hält sie Paul hin. Paul überlegt einen Moment und legt sich Lenny auf den linken Unterarm. Ich möchte Paul sagen, dass er die Hand des Mannes nicht nehmen soll, aber es ist schon zu spät und ich kann sowieso nicht reden im Moment. Kein einziges Wort kann ich sagen, jedes Wort wäre falsch und es würde zittern in der Luft, weil ich zittere, weil alles an mir zittert, und ich wundere mich, warum ich nicht maultiere, warum hier nicht die reine Wut wütet, sondern sich nur alles

dreht. Warum wachsen meine Muskeln nicht, warum werden aus meinen Händen keine Bärenklauen, warum kann ich mich nicht bewegen, warum weine ich, anstatt Rauch und Feuer zu spucken?
»Du bist also ein Freund von Paulina?«, fragt der Mann.
Pauls Schuhspitzen reiben aneinander. Für eine halbe Sekunde sieht Paul mich von der Seite an, er stottert: »Ich denke ... vielleicht ... ja?«
»Das ist schön«, sagt der Mann, der noch immer Pauls Hand in seiner hält und sie wie in Zeitlupe schüttelt, »ich heiße –«

„KOMM, PAUL!"

brülle ich.
Ich drehe mich auf dem Absatz um, reiße mich los aus der Umarmung des Mannes und renne. Ich renne und renne und renne, ich weiß nicht wohin, ich renne nur und sehe nichts und weiß nichts, ich höre nur das Klatschen meiner Füße auf dem Kopfsteinpflaster und das Hämmern in meiner Brust und ganz leise im Hintergrund höre ich, dass der Mann etwas ruft.
Dann sehe ich, dass Kurt neben mir herhechelt und läuft und springt, und ich weiß, Paul ist dabei, ich musste den seelenzerschneidenden Namen des Mannes nicht hören, wir sind schon fast in Sicherheit. In meinem Augenwinkel sehe ich Pauls lange Arme neben mir durch die Luft fliegen, links-rechts, rauf-runter. Meine Güte, denke ich, Lenny und Roy, die haben heute echt Turtle-Kirmes.

15. Kapitel

Insekten haben keinen Stil

Meine Mutter ist die wärmste Frau der Welt. Von ihr geht ein Glühen aus, das ich unter Millionen herausfühlen könnte, es ist einzigartig warm und es hat einen eigenen Geruch. Ich liege neben ihr auf dem Bett, sie streichelt meinen Kopf.
»Was ist denn nur passiert, Paule?«, fragt sie.
Aber ich kann noch nicht reden. Ich kann nur daliegen und zittern. Mein Hals tut weh, es war ein enormes Geschrei. Draußen ist Nacht, und weil wir hier drinnen im Licht sitzen, flattern Motten, Mücken, Schneider und Fliegen gegen die Scheibe, die wollen rein, wollen nach Plastikhausen. Insekten sind überwiegend doof, finde ich. Die haben keinen Stil, man knipst irgendwo das Licht an und die Insekten sagen: Hej, Licht, hin da, mir doch egal, ob da ansonsten alles aus Plastik ist und auch sonst eher total mittelmäßig und überhaupt nicht schön. Komische Viecher, ich würde lieber im Dunkeln bleiben.
Irgendwann, nach ichweißnichtwielange, öffne ich den Mund und hauche: »Paul hat einen Hund. Er heißt Kurt.«
Mama lacht. »Das ist doch schön«, sagt sie, »Kurt ist ein klasse Name.«
Ich nicke ein Schildkrötennicken und drehe mich zu Mama um.
»Mama«, flüstere ich, »der Mann. Wir waren da. Haben ihn gesehen.«
Sie sieht mich an und versucht ein kleines Lächeln, sie streicht über meine Wange, wartet.
»Er ist Fahrrad gefahren.«
»Habt ihr gesprochen?«, fragt sie. Und voller Empörung schnellt mein Kopf in die Höhe und ich rufe heiser: »Nein!«, und dann sacke ich augenblicklich wieder zusammen.

»Er hat alles kaputt gemacht, Mama«, flüstere ich, »er hat doch schon alles kaputt gemacht. Und jetzt hat er alles noch kaputter gemacht.«

Mama liegt und wartet, sie wartet einfach, fragt nicht. Es ist ihr nicht egal, das weiß ich, aber sie versucht so zu tun, schließlich hat sie ja die Entscheidung getroffen, jedenfalls will sie, dass ich das glaube.

»Er ist Fahrrad gefahren ... mit einer anderen Frau. Er hat das mit den Händen und den Schultern gemacht, weißt du ... Er hat sie mit nach Mauldawien genommen. Das ist alles wegen ihr! Stell dir das mal vor, Mama, vielleicht ist die Frau barfuß über unseren Fußboden gelaufen und hat sich auf die blau-weiße Bühne der Gymnastin gesetzt. Vielleicht hat sie in den Türrahmen gemalt, wie groß sie ist. Verstehst du, was ich meine?«

Mama guckt mich lange an und legt meinen Kopf auf ihre Brust und die Arme darum und ich höre ihr Herz schlagen.

»Und ihr habt nicht gesprochen«, fragt sie mich, »immer noch nicht?«

»Mama«, sage ich, »ich liege hier mit dir, in Plastikhausen, da kannst du dir die Antwort selber denken.«

»Sei nicht so hart mit ihm«, sagt Mama, und ich denke, ich höre nicht richtig.

»Wenn ich nicht hart bin, ist keiner hart mit ihm. Du bist immer so nett, Mama, aber das hilft jetzt nicht mehr weiter. Alle sind immer so nett zu ihm, aber er ist ein Zerstörer und Idiot, ein Mann ohne Namen, er hatte alle Chancen und keine hat er genutzt, und nur weil ich deine Tochter bin, lasse ich ihm überhaupt immer noch die Chance, die letzte Chance zu nutzen.«

16. Kapitel

Geheimnisweitwurf

Heute passt alles perfekt: Es ist Sonntag und die Sonne scheint. Wir sitzen im Gärtchen und stoßen überall an, mit den Füßen am Tisch, mit den Armen an der Hecke oder der Hauswand, mit dem Besteck am Geschirr, weil alles so klein ist in Plastikhausen. Es ist wie mit zu dicken Fingern in der Puppenstube. Aber der Tisch, wir zwei, unsere Stühle, das alles passt haargenau gerade so in den Garten. Sogar Hummeln brummeln zwischen unseren Schalen, Tassen, Gläsern. Ich habe mich beruhigt, bin wieder in mich reingeschrumpft, passe wieder in mich selbst hinein. Meine Stimme ist wieder da, wo sie hingehört, der Mann kann mir den Buckel runterrutschen, soll er Pfannkuchen machen, für wen er will.

Ich sehe mich um und Mama an und sage: »Weißt du was? So übel ist es gar nicht in Plastikhausen. Mir ist nur wichtig, dass wir zwei zusammen sind.«
Mama lächelt mich an und ihre Unterlippe zittert schon wieder ein bisschen. Man muss vorsichtig sein mit solchen Sätzen, die können die stärksten Frauen umhauen. Mama ist empfindlich und traurig in letzter Zeit, wen kann das wundern? Sie spielt die Starke, will es mir nicht zeigen, dabei versteh ich das, ich bin genauso traurig. Aber es ist okay und deshalb rede ich einfach weiter, damit Mama nicht in Verlegenheit gerät.
»Ich habe ein bisschen ermittelt und weißt du, was ich rausgefunden habe?« Ich warte einen kleinen Moment, aber nicht zu lange: »Ich habe rausgefunden, warum Plastikhausen so gebaut ist, wie es gebaut ist. Weil das nämlich eigentlich ein Haus für eine kranke Frau war. Hier hat eine Frau gewohnt, die im Rollstuhl sitzen musste, und weil sie im Rollstuhl saß, brauchte sie Rampen statt Treppen und lange Griffe für die Fenster und so weiter. Und deshalb finde ich das jetzt auch alles nicht mehr so schlimm, weißt du? Weil das ja einen Sinn hat und nicht, weil jemand keinen Geschmack hatte oder mich ärgern wollte ... Nur was ich nicht verstehe, Mama, das ist, warum wir ausgerechnet in so eine Wohnung gezogen sind, weil es doch bestimmt viele Menschen gibt, die genau so eine Wohnung brauchen und jetzt wohnen wir hier und ich hoffe nur mal, dass wir niemandem den Platz wegnehmen.«
»Ach, Paule«, sagt meine Mutter und seufzt und trinkt einen Schluck aus ihrem Kaffeebecher. Sie zieht ihr Knie vor ihre Brust und stellt den Becher darauf, »das hast du dir schön

überlegt. Und du hast recht, so einen Platz sollte man niemandem wegnehmen, der ihn braucht. Aber –«

Und dann macht Mama eine Pause und guckt hoch, hoch in den Himmel, und als sie den Blick wieder runternimmt und mich ansieht, da hat sie schon wieder Tränen in den Augen. Sie schnaubt ein Lachen hervor und sagt: »Boah, ich hab echt so 'nen Kloß im Hals.«

Sie guckt tief und lange in ihren Becher, und als sie dann spricht, klingt ihre Stimme, wie meine Stimme geklungen hätte, wenn ich gestern mit dem Mann gesprochen hätte: zitterig.

»Aber«, sagt sie, »wir nehmen niemandem den Platz weg. Wir sind aus Mauldawien ausgezogen, weil ich die Treppen kaum noch geschafft habe.«

»Ach, Mama, du bist doch noch ganz jung!«, lache ich.

»Ich weiß.«

»Und du bist auch sportlich.«

»Ja. Sportlich«, sagt sie und spricht nicht weiter.

»Ich versteh dich nicht.«

»Paulina, ich habe 'ne Krankheit. Deshalb war ich gestern den ganzen Tag unterwegs, weißt du, im Krankenhaus. Ich bin krank. Und deshalb sind wir nach Plastikhausen gezogen.«

»So schwer, dass du nicht mehr Treppen steigen kannst?«

Ich verstehe sie nicht oder ich will sie nicht verstehen und ich schraube meinen Blick fest in das Gesicht meiner Mutter.

»So schwer, Paule, dass ich vielleicht schon bald in einem Rollstuhl sitzen muss. Und Plastikhausen brauche. Und darüber wollte ich heute mit dir reden.«

17. Kapitel
Alle Wecker der Welt

Ich niste mich in der Küche von Plastikhausen ein, verschanze mich.
Über den Küchentisch aus Mauldawien lege ich die Wolldecke aus Mauldawien und darunter lege ich den kreisrunden roten Kratzteppich aus Mauldawien und was ich sonst noch finde aus Mauldawien, das nehme ich mit hinein in meine Ersatzmaulhöhle. Meine Nachttischlampe aus Mauldawien macht Licht wie aus Mauldawien und mit meinen Wachsmalstiften aus Mauldawien arbeite ich weiter an meiner Landkarte von Mauldawien, einer geheimen Karte auf der Unterseite des Küchentisches aus Mauldawien.
Das muss die Schuld des Mannes sein, weil er alles kaputt gemacht hat. Also vielleicht auch Mama.
Ich wache viel zu früh auf, lange vor Mama und allen Weckern der Welt. Ich stehe auf und ziehe mich an. Ich frühstücke

allein. Esse im Stehen und ohne ein Geräusch Cornflakes mit Milch. Dann gehe ich raus in den Morgen, der eigentlich noch Nacht ist.

Ich laufe. Es ist dunkel. Kühl und still. Da sind meine Schritte und minutenlang nichts sonst. Schritt und Schritt und Schritt. Dann erwachen Baum für Baum die Vögel. Nicht einer hier und einer da, sondern alle auf einmal, alle, die zusammengehören, immer ganze Gruppen von Vögeln, ganze Wipfel erwachen und legen los. Manche vorsichtig und leise, andere gleich volles Rohr. Bis der ganze Morgen ein einziges hohes Vogeldröhnen ist, ein helles Geschrei. Die Sonne geht auf und ich denke, dass die Vögel bestimmt denken, dass sie mit ihrem Lärm dafür verantwortlich sind. Dass das Licht kommt, weil sie aus vollem Hals singen. Wahrscheinlich halten sie das für ihre Aufgabe in dieser Welt.

Auf dem völlig leeren Schulhof werfe ich meine Tasche in den Sand, laufe über den Schotterplatz und klettere auf das kleine Fußballtor. Da sitze ich, denke und atme. Ich möchte schreien und lasse es. Was ist meine Aufgabe, denke ich.

Mama hat ein paar Sachen vorgelesen und mir ein Heft gegeben, um mir ihre Krankheit zu erklären. Wir waren spazieren und wir waren liegen und weinen und später, als wir nicht mehr weiterwussten, haben wir Hörspiele gehört und sind auf den Decken im Wohnzimmer eingeschlafen. Wir sind fast gleichzeitig wach geworden, ich nur ein paar Augenblicke vor ihr. Lag auf der Seite und guckte ihr zu, wie sie aus dem Traum wieder hier anlandete, den Mund schloss und die Augen öffnete. Sie lächelte mich an, und dann gestand sie mir, dass sie schon längere Zeit von der Krankheit weiß und dass sie sie zum ersten Mal bemerkt hat, als ich vor zwei Jahren in den Ferien war, und dass sie damals im Krankenhaus gewesen ist und ein paar Tage lang ihre Beine nicht spüren konnte. Dann ist es wieder besser geworden, und seitdem ist die Krankheit zwei Mal wiedergekommen, aber sie hat es vor allen versteckt, auch vor dem Mann, weil sie es selbst nicht hatte glauben wollen und mit niemandem darüber reden. Sie hat über sich selbst lachen müssen und gesagt, sie habe wohl gehofft, wenn sie die Krankheit einfach ignorieren würde, dann wäre sie vielleicht auch gar nicht da. Aber die Krankheit ist nun einmal da, sehr sogar, und sie ist stark. Es ist nur eine Frage der Zeit, bis die Krankheit wiederkommt.
»Denn die Krankheit«, sagt Mama, »kommt in Wellen, Wellen, die immer stärker werden. Flut, so ist diese Krankheit nun

mal«, sagt Mama. Da nützt es gar nichts, sich aufzuregen oder sich dagegen aufzulehnen oder die Augen zu verschließen, da hilft einfach nichts, auch Medikamente helfen nicht wirklich.

»Nichts nützt irgendwas«, sagt sie und schüttelt den Kopf und schnaubt. »Nichtsgarnichts was du tun kannst, außer noch mal nichtsgarnichts«, sagt Mama und zuckt die Schulter, »nur: es hinnehmen.«

»Warum hast du mir nichts erzählt«, frage ich, »wie kann das sein, dass du das alles wusstest und mir nichts gesagt hast? Das ist nicht gerecht.«

Mama sagt, dass sie selbst so verwirrt war und sich erst mal in Ruhe sortieren und Kraft sammeln musste, um mir davon zu erzählen, denn das ist für uns beide ja eine ungeheure Sache, größer als alles. Das würde unser Leben auf den Kopf stellen, für alle Zeit. Unser beider Leben. Und da wusste sie selbst nicht, was man macht, wie man damit umgeht, was man da sagt. Und dann hat sie lieber nichts gesagt als das Falsche. Nur wenn sie es mir gleich gesagt hätte, dann käme ich mir jetzt nicht so dumm und klein und hilflos vor und wir hätten zusammen verwirrt sein können und Mama hätte nicht stark tun brauchen und ich hätte die Sache mit Plastikhausen gleich von Anfang an verstanden. Und wäre nicht wie ein Volltrottel durch die Gegend gestolpert. Ich hätte die Zeit nutzen können und nicht rummaulen und im Garten Schildkröten stapeln müssen.

Und Mama sagt: »Ich wollte nicht angeguckt werden wie 'ne Kranke. Verstehst du das? Solange man es noch nicht sehen konnte, wollte ich ... Ich

wollte einfach normal leben, solange es noch geht. Ohne einen einzigen Blick. Das war meine letzte ganz normale Zeit, verstehst du? Das letzte Mal. Das wollte ich mir nicht kaputt machen lassen, von niemandem.«

»Und ich hätte es dir also kaputt gemacht, ja?«

»Nein, ich meine, du hättest Fragen gehabt und du hättest dich anders verhalten, selbst wenn du versucht hättest, alles normal zu machen. Man kann das nicht ausschalten, wenn man so was weiß. Und es wäre nicht mehr normal gewesen.«

»Man kann das nicht ausschalten.«

»Nein.«

»Du auch nicht. Und deshalb war es sowieso schon nicht normal. Du hast normal getan, aber in dir drin wars nicht normal.«

»Nein. Ein bisschen, manchmal. Meistens. Ich hab gelernt, nicht dran zu denken, es zu vergessen, mich abzulenken. Und dann bin ich immer mal wieder zufällig darüber gestolpert und es hat mich umgerissen. Dann hab ich eine ganze Nacht nur geweint und bin abgehauen. Und dein Vater hatte keine Ahnung, um was ich weine.«

»Der Mann hatte keine Ahnung. Und ich hatte noch weniger Ahnung. Warum hast du nichts erzählt? Ich bin deine Tochter!«

»Ich erzähle dir *jetzt* davon.«

»Ja. *Jetzt.* Zwei Jahre später! In zwei Jahren hab ich vielleicht zwei Kinder und bin Fernsehstar!«

»Und der Mann?«, frage ich. »Seit wann weiß der davon?«

»Der Mann«, sagt Mama, »weiß von alldem auch erst seit ein paar Wochen.«

Da klappt mein Mund auf.
»Ich bin also die Allerletzte, der du davon erzählst? Sogar mit dem Mann redest du früher? Du redest überhaupt mit ihm?«

Ich stehe vor der Turnhalle und warte. Ich fühle mich wie eine Schildkröte, den Kopf in mein Innerstes gezogen, um mich herum eine Schutzschicht aus Wutblech, gestrichen mit Krankheitsgedankenlack, gut gewachst mit schlechter Laune, dazu mein Rucksack mit nicht gemachten Hausaufgaben. Um mich herum blöken die Jungs, es riecht nach nassem Turnschuh und Nudelfurz. Bastian, Karl und Wim spielen das Spiel, wer sich am lautesten ins Ohr lachen lassen kann, und wenn ich nicht in mir drin verpanzert wäre, dann würde ich ihnen auf die Füße treten und fragen, wie man so wenig zwischen den Ohren haben kann, dass man sich da gern laut reinschreien lässt.
Ich bin abgeschnitten von allen und in mir drehen sich die Fragen: Wie geht's weiter? Wie wird das alles werden? Was wird das für ein Leben? Mama im Rollstuhl. Was muss ich lernen, was kann ich tun, wer wird uns helfen (der Mann wohl nicht)? Ich werde es allen zeigen, erst recht dieser Krankheit. Wette angenommen. Und Mauldawien ist noch lange nicht verloren. Ich kann meine Mutter mit ein bisschen Übung auch vier Stockwerke hochschleppen.
Alles eine Frage des Trainings, denke ich und knalle plötzlich auf den Boden, weil mir jemand meinen Turnbeutel aus der Hand reißt. Ich drehe mich einmal um mich selbst und lande auf dem Hintern. Jannis Ruben Dinster, der Volltrottel, lacht und schlägt sich auf den Oberschenkel. Er wirft den Beutel zu

Luciano, Luciano wirft ihn weiter zu Kubiczek und der weiter zu Annalena, die da steht, etwas unentschlossen. Und während Jannis Ruben ihr befiehlt, den Beutel wieder zu ihm zu werfen, rappele ich mich hoch, stehe wieder, gehe langsam auf Jannis Ruben zu, der immer noch lacht, und ich denke: Das Lachen wird dir schon vergehen, Freundchen.

Da fliegt der Beutel schon wieder. Ich könnte euch alle auffressen, ihr kleinen Wichte, ihr habt doch keine Ahnung. Ihr habt keinen Schimmer, mit wem ihr es zu tun habt. Ich stehe jetzt direkt vor Jannis Ruben und ich schnaube. Ich könnte maultieren, ich spüre es, genau jetzt, ich fühle schon, wie ein paar Haare auf dem Rücken sprießen, wie die Zähne pumpen, ich könnte diese Schule zerstören, aber ich habe mir geschworen, in der Schule nie wieder den Maul zu kriegen. Und vielleicht ist das die erste Prüfung, dass ich genau heute, an diesem ersten Morgen nach der schrecklichen Nachricht, mich nicht aus der Ruhe bringen lasse von einem Zipfel wie Jannis Ruben. Ich brauche alle Kraft für Mama und für den Mann und für den Plan. Ich stehe und schnaube und knurre ganz ruhig: »Beutel.«

»Jahahahaaa! Allerdings«, sagt Jannis Ruben, »der fliegt so schön! Fang ihn doch, du Eierloch!«

Ich hole aus mit meiner rechten Faust, und dann höre ich Paul.

»Gib ihr den Beutel«, sagt er und er guckt kein bisschen auf seine

Schuhspitzen, sondern nur in das Gesicht von Kubiczek. Hinter Paul stehen der Dicke, der Langhaarige und der Dritte und die sind bestimmt alle drei Jahre älter als jeder von uns und Kubiczek macht sich fast in die Hosen und gibt mir den Beutel.

»Tschuldigung«, sagt er.

Zwinkerschnalz-Jannis Ruben, Legogesicht-Kubiczek und Jogginghosen-Luciano stehen blöd im Schulflur. Drei Wollmützen im Sommer. Jannis Ruben guckt auf seine Hände, die er hin und her dreht, als gäbe es da etwas zu entdecken, dabei sind es einfach nur seine Hände wie jeden Tag.

Paul macht ein lässiges Geräusch mit dem Mund, sieht die Jungs an, nickt ganz leicht Richtung Turnhalle und die drei ziehen ab.

Ich sage zu Paul: »Mit den Weichschnallen wär ich auch noch fertig geworden.« Ich grinse. Und Paul grinst. Und er sagt: »Okay.« Und dann hat er seine Schuhspitzen im Blick.

»Paulina«, sagt er, »könn' wir reden?«

Aber in diesem Moment kommt Frau Deckenholz und schließt die Türen zu den Umkleiden auf.

»Gleich«, sage ich zu Paul.

Ich komme mir albern vor in meiner kurzen und zu weiten Hose. Wir haben Geräteturnen, und ich würde viel lieber Gymnastik auf einem blau-weißen Sofa machen. Wir spielen zum Aufwärmen Wildes-Rumrennen-und-auf-Pfiff-Einfrieren. Ich treffe Paul vor dem Barren wieder, unbequem eingefroren, mitten im Ausfallschritt, die Arme irgendwo in der Luft. Ich nicke und flüstere, ohne den Mund zu bewegen: »Was gibt's?«

»Ich wollte dich fragen«, sagt Paul leise, mit so wenig Lippenbewegung wie möglich, »ob du vielleicht am Samstag ... zu meiner Geburtstagsfeier kommen willst?«
Dann der zweite Pfiff. Laufen. Pfiff. Und an die Geräte. In der Schlange steht Paul hinter mir.
»Pffhhh«, mache ich, »Geburtstage. Mir ist grad nicht so nach Feiern.«
»Okay«, sagt Paul und in diesem Moment habe ich das Gefühl, dass ich nie wieder das Gelbe in seinem Gesicht sehen werde, und deshalb muss ich meinem Satz wohl ein neues Ende geben.
»Aber zu deinem Geburtstag«, sage ich, »zu deinem Geburtstag würde ich echt gern kommen, Paul.«
Und dann sehe ich ein sehr gelbes Gelb.
»Abgemacht?«, fragt Paul.
»Abgemacht«, nicke ich. »Wann soll ich zu dir kommen?«
»Ich hol dich ab. Und dann gehen wir zusammen dahin.«
»Dahin?«
»Mh«, macht Paul, »dahin«, und grinst.
»O-kay«, sage ich.

18. Kapitel
Einfach immer weiter

Ich kaufe Bienenstich und bin auf dem Weg.
Der General in der Küche. Der Kaffee blubbert sein kleines Blubbern, wir pfeifen uns die Seelen aus der Brust, dann sitzen wir uns erschöpft gegenüber. Der Kaffee ist durchgelaufen, das spuckende, hustende Röcheln der Maschine passt gut zu unseren leer gepfiffenen Lungen. Oben auf dem kleinen Kühlschrank steht der Kassettenrecorder des Generals.
»Mach sie an«, sagt er und ich mache die Kassette an.

(Die Kassette mit dem Lied, das den General an seine große Liebe erinnert)

Ich setze mich auf meinen Platz, den Lieblingsstuhl, dem General gegenüber, wir essen Bienenstich, reden nicht. Ich weiß nicht, wie ich anfangen soll. Es gibt viel zu viel zu sagen und zu fragen. Opa lacht laut und schenkt sich Kaffee ein, ich schenke mir Milch ein, wir tauschen ein Grinsen und der General schenkt mir

einen Schuss Kaffee ein, ich ihm einen Schuss Milch, dann schließt er die Augen und lauscht der Musik. Seine Ellenbogen stehen auf dem Tisch, den Kopf legt er auf die Hände, mit ernsten Falten auf der Stirn nickt er langsam den Takt, seine Lippen spielen alle Instrumente des Orchesters gleichzeitig. Ich sehe auf seine Unterarme und wie sich dort irgendwann seine langen aschfarbenen Haare aufstellen.
»Ah«, macht er und ich weiß, das ist der Moment, in dem er am stärksten an sie denken muss.
»Ich denke an ihre Witze«, sagt er, »ihre Augen, ihren kleinen flinken Körper, ihre Lippen und diesen Süßholzgeruch, diesen Hauch von Anis.«
Er meint meine Oma, die ich nicht kenne, die Mutter des Mannes, der sie auch nicht kennengelernt hat.
»Ich vermisse ihr kleines, schnelles Herz«, sagt der General. Sie hat ihn Maultrommel spielen gehört, damals, hinter der kleinen Crêperie in Frankreich, und sie war um die Hütte geschlichen und hat ihm zugehört und irgendwann hat sie angefangen, mitzusummen und auf den Beinen mitzutrommeln und zu klatschen. Und sie haben getanzt, ein kleines bisschen nur, und das war der Start für diese ganze unglaubliche Geschichte mit ihnen beiden, deren vorläufiger Höhepunkt ja wohl ich sei, das sagt der General und das schreibt er mir auf Geburtstagskarten oder in Briefen.
»Opa«, sage ich, und der General wacht aus seinem kleinen Traum auf, sieht mich an.
»Was hast du gesagt?«, fragt er.
»Noch nicht viel. Aber es gibt ’ne Menge zu besprechen ... Bist du eigentlich noch der Chef?«

»Chef? Ich war nie ein Chef!« Er schüttelt den Kopf und sein Bart schwingt in minimaler Verzögerung hinterher.
»Nee?«
»Nee. Bin ich nicht für gemacht, für so was. Chef, nee.«
»Aber hast du deinem Sohn nicht was zu sagen?«
»Klar, jede Menge, du kennst mich, ich hab immer 'ne Menge zu erzählen.«
»Nein, so meine ich das nicht, ich meine: Kannst du ihm nicht Befehle geben? Du bist sein Vater und ein General ...«
»Klar kann ich Befehle geben. Er hört nur nicht drauf. Schon als er noch so ein kleiner Scheißer war wie du, da hat er auf nichts gehört.«
»Schade«, sage ich.
»Was hast du auf dem Herzen, Paulina?«
»Ich weiß gar nicht, wo ich anfangen soll.«
»Also, ich fang immer irgendwo in der Mitte an und dann erzähl ich von da bis knapp vors Ende, springe an den Anfang, und wenn keiner mehr weiß, wo vorne und wo hinten ist, dann kommt das große Finale. Vielleicht so?«
Ich lächele den General an und sage: »Ich bin auf einen Geburtstag eingeladen.«
»Ein guter Anfang von Mittendrin, ich bin sofort gefesselt«, brüllt der General.
»Ja, und ich weiß nicht, was ich schenken soll.«
»Ha, ist doch ganz einfach! Du bist Maulina, die Prinzessin von Mauldawien, du verschenkst Maulkram«, sagt der General, dreht sich leicht vom Tisch in den Raum und beugt sich vor wie eine volle Teekanne, aus der man vorsichtig etwas Tee in ein kleines Glas schüttet. Er zieht langsam sein linkes Hosenbein

hoch und zum Vorschein kommt eine Art Gürtel, der um seine Wade geschlungen ist, darin stecken allerlei sehr sehr kleine, sehr kleine, kleine und etwas größere Maultrommeln. Die Finger des Generals tänzeln suchend darüber, dann schnappen sie ein weißliches Exemplar, und bevor das Hosenbein wieder auf dem Schuh landet, ist der Kopf des Generals schon direkt vor meinem Gesicht, weit über den kleinen Tisch gebeugt. Er grinst und zwischen unseren Nasenspitzen funkelt eine Maultrommel.

»Diese hier, nimm«, brummt der General. »Die ist aus Walknochen, isländisch, ein Geschenk deiner Ururgroßeltern.«

Ich stecke die Maultrommel ein. Okay, Punkt eins: abgehakt.

»Mama ist krank«, sage ich.

»Ja«, sagt der General.

»Nein!?«, rufe ich. »Du weißt davon?«

»Ich habe es für möglich gehalten.«

»Wie?«

»Ich finde, sie bewegt sich komisch. Und dein Vater hat so eine Bemerkung gemacht.«

»Der Mann«, korrigiere ich.

»Der Mann?«

»Dein Sohn.«

»Ach so.«

»Hat Mama es dir gesagt?«, frage ich.

Der General versteckt sich hinter seiner Kaffeetasse.

»Das ist 'ne wirklich schlimme Krankheit«, sage ich. »So schlimm, dass sie bald schon in einen Rollstuhl muss. So krank, dass sie daran irgendwann, du weißt schon –«

»Sterben wird«, sagt der General. Und ich nicke.
Ich zähle die Atemzüge, die der General macht, und habe ein Gefühl, als würde jemand in meinem Kopf Blockflöte spielen, und zwar nicht besonders gut.
»Drei von zehn Leuten«, sagt der General plötzlich, hebt sein Kinn und den ausgestreckten Zeigefinger hoch über seinen Kopf, »drei von zehn Leuten hatten in ihrem Leben Würmer, ohne es zu merken, fünf von zehn Leuten träumen wenigstens viermal im Leben von aggressivem Obst und weinen im Schlaf, zwei von hundert Leuten tragen heimlich Schwimmflügel unter der Dusche. Einer von einem stirbt. So ist das mit dem Leben.«
Er blinzelt mich an und zieht aus seiner Brusttasche ein Guckglas, so eine Art halbe Brille, er nennt das Monokel und hat es angeblich 1963 ...

Er sieht mich durch das Monokel an.
»Du hast Sorgen«, sagt er.
Ich bewege mich nicht.

Ein leeres Kassettenrauschen hängt in der Luft, dann klackt es und das Band ist zu Ende.
»Du hast Angst«, sagt er. »Um deine Mutter. Um dich. Um deine ganze Welt. Ist doch so, oder?«
»Is so«, sage ich und rühre in meiner Milch mit einem Schuss Kaffee, dann beginnen meine Beine zu schwingen, hin und her unter dem Tisch, die Füße fegen über den Boden.
Ich wünsche mir, dass ein Wunder geschieht, etwas, was alle Regeln umkehrt und alle Probleme einfach wegwischt. Aber ich ahne, dass das nicht passieren wird. Und das macht mich traurig, wirklich richtig traurig. Dass ich nichts machen kann, dass ich zu schwach bin, um den Mann und das Maulreich zurückzuerobern, um die Krankheit zu verjagen.

Der General für Käse nimmt mich in den Arm und sagt, dass alles immer irgendwie weitergeht, dass das das Leben ist: sich zurechtfinden mit dem, was zu einem kommt. Das meiste ist prächtig und manches nicht.
»Das ist die Aufgabe, Paule: klarkommen, wegstecken, weitermachen. Und das alles nicht persönlich nehmen. Nichts passiert, um dich zu ärgern.«
»Warum passiert denn sonst irgendwas?«, frage ich ihn.
Er zuckt die Schultern und grinst. »Ich kapier das alles auch nicht. Ich mach nur einfach immer weiter.«
»Wie 'ne Hummel«, sage ich. Der General überlegt und grinst. »Ja, wie diese kleinen behaarten Propellermaschinen, Brummkreisel mit Flügeln, die knattern einfach von Blüte zu Blüte und stecken ihren Rüssel in den Nektar, ha! Stell dir das mal vor, ist das ein Leben! Die haben's warm und süß und

können fliegen. Ich schätze: Hummeln sind die glücklichsten Viecher auf dem Planeten. Und dabei sind sie wahrscheinlich auch noch strunzdoof. Die kapieren nix und haben einfach gute Laune, Mund voll Honig, Welt voller Blumen und 'nen Sound im Hummelohr, als wenn die auf 'nem richtig dicken Motorrad sitzen. Hast du schon mal 'ne Hummel mit schlechter Laune gesehen? 'ne Hummel im Stress? 'ne Hummel mit Angst oder Wut oder Sorgen? Nö! Weil für so 'ne Hummel nach der einen schon die nächste Blume wartet. So einfach ist das. Irgendwas wird kommen, und zwar wahrscheinlich ein großer bunter Topf mit süßem Kleister.«

Ich mag Hummeln, denke ich, sie sind klein und dick und rund und laut und sie können stechen, machen es aber fast nie. Wenn eine Hummel richtig sauer ist, dann wirft sie sich auf den Rücken, brummt, so laut sie kann, grummelt lauter und noch lauter, mault den Hummelmaul, zeigt ihren Stachel. So machen Hummeln das.
Ich frage mich, wie oft in ihrem Leben eine Hummel sich wohl ungefähr verfliegt. Ich nehme an: oft! Hummeln ticken anders – sich verfliegen, das ist sozusagen Plan. Kommt sicher ständig vor, dass eine Hummel durch ein offenes Fenster schwirrt und plötzlich mitten in einer Wohnung steckt, nicht mehr draußen im Garten, zwischen Blumen, Hecken, Vögeln und Hummelkollegen, sondern in einem Haus – und den Ausgang nicht mehr findet. Dann fliegt sie stundenlang gegen ein und dasselbe Fenster, unermüdlich, etwas doof und trotzdem irgendwie entspannt, wartet einfach, bis ihr irgendwann 'ne Lösung ins Leben gerät, jemand das Fenster öffnet oder ein Windzug sie per

Zufall nach draußen trägt. Die Hummel weiß nur: Ich wollte irgendwie in diese Richtung, und wenn es da ein Hindernis gibt, dann flieg ich so lange dagegen, bis ich drum herum oder mittendurch bin.

Ein brummendes Stochern in der Welt. Irgendwo, das weiß die Hummel, wird es schon weitergehen.

19. Kapitel

Auf ihn mit Gemaul!

Meine Knie tanzen ihren Tanz. Der Nachmittag ist jung. Ich klingele bei Pit und erkläre ihm die Lage. Er muss den Mann anrufen und ihm sagen, dass alles nichts helfe, er müsse sich sofort auf den Weg nach Hause machen. Denn wenn er, Pit, das richtig sehe, dann sei bei dem Mann eingebrochen worden oder irgendwas stimme jedenfalls nicht und der Mann müsse schnell kommen, es sich ansehen.
Natürlich wurde nicht eingebrochen, es ist nur so, dass der Mann gebraucht wird, dass der Mann sehen soll, was ich ihm zeigen will: mich, maulend, eine Maulplosion, eine legendäre Maultacke. Und ich kann ihn nicht selbst anrufen oder sonst wie locken, weil ich nicht mit ihm rede.
Der Mann kriegt nichts von mir, kein Wort, nur Wut, nur Maul, nur das, was er verdient: Man kann nicht einfach gehen, wenn es schwer wird. Man kann sich nicht einfach vom Acker machen und die Menschen allein lassen mit ihren Problemen und sich eine neue Frau nehmen, um mit ihr lachend Fahrrad zu fahren, das geht nicht.

Ich warte in einem Busch am Ende unserer Straße, bis ich den Mann auf seinem Fahrrad sehe und wie er in die Straße einbiegt. Dann betrete auch ich das Maulreich, stehe auf der Straße, die Sonne steht tief in meinem Rücken, ich werfe einen Schatten, lang und bedrohlich, ein tiefschwarzer Vorbote des mächtigen Mauls.

Ich fühle es kribbeln in den Füßen, das Ziehen in den Zehennägeln, fühle das Rasen in den Knien, das Kratzen im Hals, das Jucken in der Zunge und wie es blitzt und donnert hinter meiner Stirn. Ich spüre, wie mir die Kleider eng werden, wie die Wut Purzelbäume schlägt und tausend wilde Wölfe sich auf meinem Rücken kloppen. Ich will beißen und zerreißen, ich will rennen, flennen, keine Regeln kennen, ich will kratzen, jagen, springen, stampfen. Ich will heulen, zetern, grölen, johlen, ich will etwas zerbrechen, daraufspringen, spucken, es zerhacken und zerkauen, schlucken und verdauen, erbrechen und vergraben.
Unter meinen Pranken zittert der Garten des Maulreichs, hier oder da reiße ich etwas um, eine Vase, einen Stuhl, es ist nicht so, dass ich mich jetzt noch unter Kontrolle hätte, ich weiß nicht genau, was passiert. Ich schlackere mit Armen und Beinen, trete gegen Türen, schleudere das Gartentor, dass die Fensterscheiben zittern – und dann setzt es aus.
Wenn Maulina maultiert, dann steht sie im Garten, ihre Unterarme schwellen an, ihre Adern sehen aus wie Gartenschläuche, darin pumpt das Blut wie bei ukrainischen Gewichthebern, die zweihundertfünfzig Kilo in die Höhe stemmen, und auf ihrem Rücken wachsen lange schwarze Borsten. Muskelberge türmen sich darunter auf, auch an Schultern und Beinen wie nach jahrhundertelangem Training im russischen Hochgebirge. Maulina bekommt Bärenkräfte. Sie reißt Bäume aus (oder wenigstens Grasbüschel, große, wirklich große!), sie gräbt und gräbt mit ihren Schaufelbaggerklauen an ihrer Maulhöhle, dem Wutloch hinten im Garten unter dem Birnbaum.

Ihre Wut wächst hochhaushoch über sie hinaus, türmt sich auf zu einer Riesenwelle, ein Maulbeben, ein Maulnami, ein Maulkan, ein Mauluntergang.
Das Mädchen, sagen die Leute, ist eine Naturgewalt, wie sie dort tobt und schnauft und bis zur Brust in der Erde steht. Tränen fließen, Wände wackeln, Vögel fliehen, Gewitter ziehen auf. Es muss einfach raus, alles muss raus, die ganze wilde Wut.

Und als der Mann nach der großen Maulzeit in den Garten schleicht, um nach der größten Maulerin der sieben Kontinente dieser Welt zu sehen, als er sich endlich traut, da liegt Paulina in einer Erdmulde unter dem Birnbaum und schläft. Sie hat dreckige Finger und ist sehr erschöpft.
Der Mann versucht, das kleine Mädchen aus dem Loch zu heben und in seine Küche zu bringen, aber da erwacht es und faucht wie eine Schlange, das Mädchen ist kraftlos, aber längst nicht gezähmt. Mit den Zähnen schnappt es nach seinen großen Händen. Und so zieht sich der Mann zurück an den Gartenrand. Das Mädchen hört ihn telefonieren, und wieder fällt es in tiefen Schlaf.
Später kriecht der Mutterduft in die Nase des Mädchens und der Maul ist verflogen. Im Auto auf der Rückbank geht es nach Plastikhausen und dort auf Kissen und unter Decken. In der Küche rumpelt die Mutter und es duftet nach warmer Milch und Zimt und Schokolade.

20. Kapitel
Kaugummischmerz

Wir essen Honigbrote im Schneidersitz auf Mamas Bett.
»Ich versteh das nicht, dass du mir das nicht schon längst erzählt hast«, sage ich.
»Ich konnt nicht, Keule ... Ich wollte das am Anfang ja selbst nicht glauben. Ich konnte das niemandem erzählen, ich konnte es gar nicht aussprechen, weißt du? Das hat mein ganzes Leben in Frage gestellt, alles, was ich bin. Ich hab doch immer für alles Kraft, ich kann doch immer alles machen, ich bin stark und ich selbst und dann ... sitzt da ein Arzt und sagt dir, dass du vielleicht schon bald nicht mehr laufen kannst. Dass du Hilfe brauchen wirst von allen Seiten. Dass du vielleicht bald nicht mehr richtig wirst sehen können, das alles.«
»Aber irgendwann hast du mit dem Mann gesprochen.«
»Ja.«
»Und das ist nicht gerecht.«

»Paule, ich hab mich von ihm getrennt und da habe ich ihm sagen müssen, warum.«
»Das verstehe ich GAR nicht!«
»Ich auch immer noch nicht so ganz. Aber es ging nicht. Ich wollte nicht die Schwache sein, die Kranke. Ich wollte nicht, dass unsere Liebe langsam kaputtgeht. Das wollte ich einfach nicht, ich wollte lieber einen klaren Schnitt, als so ein ... stell dir das mal vor: Er muss mich pflegen, ich muss mich pflegen lassen. Und wer weiß, ob ich damit klarkomme oder ob ich ganz traurig bin. Und alles, was er vom Leben will, das kann ich ihm nicht mehr bieten, ich bin immer nur da und störe. Das wollte ich nicht, ich will nicht stören. Ich will ihm sein Leben nicht kaputt machen. Und er könnte nicht gehen, weil ich ja krank bin und man einen kranken Menschen nicht einfach so verlässt. Das alles wollte ich nicht. Ich wollte das, was wir waren, und das, was wir hatten, weißt du, Mauldawien und alles, das wollte ich nicht langsam vor die Hunde gehen sehen. Und deshalb musste es so sein.«
»Du spinnst, echt. So ein Schwachsinn, selten gehört.«
»Und, Paulina, du – ich weiß, du bist auf meiner Seite und du bist hier. Aber für dich wird es besser sein, wenn du irgendwann zu deinem Va... zu dem Mann gehst.«
»Nein.«
»Okay. Aber du kannst das ja mal im Hinterkopf behalten. Es gibt diesen Mann und er hat keinen schlimmen Fehler gemacht, für den du ihn bestrafen musst. Und du gehörst auch zu ihm und er zu dir und mit mir wird's ...«
»Nein. Nein, nein, nein. NEIN! Und ganz egal: du hättest es mir auch sagen müssen!«

»Ja, da hast du wahrscheinlich recht. Ich ... ich dachte nur, dass das vielleicht ein bisschen viel ist, alles auf einmal. Trennung, Umzug und ... das jetzt.«
»Wer hat denn grad vom klaren Schnitt geredet und davon, dass man das nicht will: den langsamen Kaugummischmerz, mh?«
»Ach, Keule, komm ma' bei mich bei«, sagt sie und lacht ein kleines bisschen und nimmt mich in den Arm und schlingt auch ihre Beine um mich und ich denke: Wie lange wird sie das noch können?

Es ist Freitag und da putzen wir uns nicht die Zähne, drauf gepfiffen, sagt Mama. Jetzt ist Nacht und Schlaf und wilder Traum angesagt. Nasse Kissen und Streicheleinheiten. Nase zwischen Mutterbrüsten. Haare, die kitzeln, und Haare, die man im Dunkeln flicht. Höhlen unter Decken, leises Lachen, schnarchen, blinzeln und dämmern, sitzen und wachen. Nacht und Dunkelheit und unendlich viel Mutter.
Viel, viel von ihr und viel, viel von mir. Zusammengerührt in ihrem Bett, zwischen ihre Decke, ihre Beine. Arme verknoten, den Rücken streicheln, den Nacken riechen, zu Hause sein (sogar in Plastikhausen).
Diese Beine also, die ich eine Stunde lang in den Händen halte und begutachte, die ich massiere, mit denen ich spreche, die ich streichle, pikse und sanft kratze, die ich nicht begreife. Auf die ich weine, mit denen ich schimpfe, denen ich von früher erzähle und von morgen, von allen Ausflügen und Plänen, von allem Spaß und von Wanderungen und vom Müdesein, und die nicht mit mir reden.

»Was willst du noch machen«, frage ich Mama.
Aber Mama schüttelt den Kopf. »Schlafen«, sagt sie, »ich bin so müde, ich bin sooo müde.«
»Dann schlaf«, sage ich, »ich kümmer mich um deine Beine, vielleicht hab ich ja doch Zauberkräfte, und wenn du morgen aufwachst, ist alles wieder gut.«
Ich spüre, wie sie wegschwimmt, ich fühle die kleinen Zuckungen ihrer Muskeln, ich höre sie schmatzen im Traum und überlege, was ihr Gehirn sich in diesem Moment wohl für sie ausdenkt. Ich halte ihre Hände, ich rieche ihren Atem, ich kann die Pupillen unter den Lidern gleiten sehen, obwohl nur noch Mondlicht durch die Plastikfenster fällt. Ich wickle die Hälfte meines Schals vom Hals ab und um die Beine meiner Mutter. Ich weiß nicht genau, warum. Um sie zu wärmen, nehme ich an, Extra-Wärme. Oder um sie zu heilen, falls der Schal geheime Heilkräfte besitzt.
Ich bin ihr Kind, sie ist meine Mutter, ich flüstere einen Schwur, den sie nicht hören darf: Dass ich immer für sie da sein werde. Dann fangen wir eben zusammen dieses neue Leben an.
»Wir kriegen das hin, Mama«, sage ich und lege die Fingerspitze auf ihre Nase und im Schlaf schüttelt sie den Kopf und meinen Finger ab wie eine Fliege, und sie dreht sich weg und nimmt mich mit, schlägt meine Arme um sich wie eine Bettdecke.

21. Kapitel
Maulen, wenn sie feiern und flöten

Ich sitze zu Hause und warte, dass Paul mich abholen kommt. Geburtstag, puh. Soll ich mal sagen, wie ich Geburtstage hasse? Geburtstagsanrufe, Geburtstagsaufregung, sich über abgeschnittene Blumen freuen zu müssen, rumstammeln am Telefon. Extrafrüh aufstehen, nicht schlafen können vor Aufregung. Mütter, die weinen, weil ihnen der Kuchenboden verbrannt ist. Stunden damit verbringen, Danke zu sagen, Bauchschmerzen vom Kuchenessen kriegen.
An meinem Geburtstag würde es Maultaschen geben und Maulbeerkuchen, ein Maultrommelständchen, fertig, aus. Geburtstag ist auch nur ein Tag. Auf meiner Party würden wir Maul-Maul spielen und vielleicht noch Maulwurfshügelzählen, dem Geburtstagswahnsinn mal den Stecker ziehen.
Ich gehe in die Küche und backe für Paul einen kleinen Maulwurfskuchen, so viel Wahnsinn erlaube ich mir, Maulwurfskuchen ist nämlich ganz schön kompliziert:
Soll ich weitererzählen, wie ich Geburtstage hasse?
Ich hasse Kinderspiele, Extrawürste, Hausaufgabenbefreiung und matschigen Kuchen mit Smarties drin. Ich hasse, dass jeder Lehrer einzeln fragt und gratuliert, und das endlose Wiederholenmüssen der Sachen, die man geschenkt bekommen hat. Ich hasse es, zu Kindergeburtstagen eingeladen zu werden, und ich hasse es, nicht eingeladen zu werden, wenn andere eingeladen werden. Ich hasse Topfschlagen und Schaumkuss-Wettessen und Schnitzeljagd und Sackhüpfen.

REZEPT:

MAULWURFSKUCHEN

2 DEN OFEN AUF 170 °C VORHEIZEN.

3 DIE EIGELBE MIT DER WEICHEN BUTTER, DEM PUDERZUCKER UND DEM VANILLEZUCKER SCHAUMIG SCHLAGEN.

4 MEHL, HASELNÜSSE, WEINSTEINBACKPULVER, KAKAO UND SCHOKOSTREUSEL MITEINANDER VERMISCHEN. DEN EIZUCKERMIX UND DEN RUM DAZUGEBEN UND ALLES ZU EINEM SCHÖNEN TEIG VERRÜHREN.

5 DIE EIWEIẞE STEIF SCHLAGEN UND UNTERHEBEN.

6 DEN TEIG IN EINE EINGEFETTETE SPRINGFORM GEBEN UND ETWA 40 MINUTEN BACKEN. AUS DER SPRINGFORM NEHMEN UND ABKÜHLEN LASSEN.

7 JETZT DER BELAG. MAN BRAUCHT:

8 QUARK UND MASCARPONE MIT DEN SCHOKOSTREUSELN UND DER HÄLFTE DES PUDERZUCKERS GLATT RÜHREN. SAHNE MIT SAHNESTEIF, VANILLEZUCKER UND DEM RESTLICHEN PUDERZUCKER STEIF SCHLAGEN UND UNTER DIE QUARKCREME ZIEHEN. MIT EINEM LÖFFEL EINE SCHICHT TEIG ABHEBEN, CA 1 CM TIEF, DEN RAND DABEI ALLERDINGS STEHEN LASSEN.

9 DEN ABGENOMMENEN TEIG IN EINER SCHÜSSEL SAMMELN UND KLEIN BRÖSELN. BANANEN SCHÄLEN, LÄNGS HALBIEREN UND DARAUF VERTEILEN. DIE QUARKCREME AUF DIE BANANEN STREICHEN UND DIE TEIGBRÖSEL RUNDHERUM AUF DEN QUARK DRÜCKEN.

10 DEN KUCHEN FÜR MIND. 2 STUNDEN IN DEN KÜHLSCHRANK STELLEN, BEVOR ER SERVIERT WIRD.

Ich hasse Clowns und Luftballons. Ich hasse Kerzenauspusten und Augenschließen und Auf-Knopfdruck-vor-alle-Mann-Rumwünschen. Ich hasse Luftschlangen und Konfetti und Pferdestrohhalme. Ich hasse Bockwurst und Kartoffelsalat und ich hasse, dass irgendwann immer irgendjemand heult, meistens das Geburtstagskind, weil einfach alles zu viel ist. Ich hasse Geburtstagslieder (alle), Partyhütchen, Glückwünsche. Ich hasse Geschenkpapier und Schleifen und Schokomarienkäfer. Ich hasse durchgeplante Geburtstagsfeiern mit zackigen Eltern, die Spaß und Spiele verordnen und einem sagen, wann gegessen und wann gelacht wird. So, glaub, ich bin fertig. Musste raus.
Was schenke ich Paul? 'nen Maulkorb, einen Korb randvoll mit Maultensilien. Paar getrocknete Maulbeeren, die Maultrommel aus Island, eine Packung Maultaschen und Maulgentenkram obendrauf: Ausweis, Lupe, Fingerabdruckset, einen falschen Bart zum Aufkleben, Absperrband, Handschuhe, Taschenlampe. Na ja, und den Maulwurfskuchen.

22. Kapitel

Herzlichen Dings

»Herzlichen Dings«, sage ich, als ich die Tür aufziehe und Paul sehe.
»Danke«, sagt Paul, »Geburtstagsmuffel?«
»Kann sein«, sage ich, »oder Muffel allgemein, ich bin grad nicht der glücklichste Mensch der Welt.«
»Okay«, sagt Paul, »komm einfach mit, ich steck dich an, ich hab nämlich 'ne Laune wie ein Kolibri auf Koffein.«
»Häh?«, mache ich und Paul zuckt die Schultern, »weiß ich auch nicht«, antwortet er, »das sagt mein Vater immer.«
Ich nicke und will mich anziehen, als meine Mutter ruft: »Hee, ihr zwei! Kommt gefälligst rein, was ist mit dem Gerät hier im Kühlschrank?«
»Ah ja, richtig, der Kuchen, fast vergessen.«
»Darf ich?«, fragt meine Mutter, und weil Paul nicht wirklich antwortet, nimmt sie ihn einfach in den Arm und küsst ihn auf die Wange. »Alles Gute, lieber Paul«, schnurrt sie fröhlich, als wäre nichts mit ihr.
»O-kay«, sagt Paul, »danke.« Es ist, als wären seine Augen und seine Schuhspitzen mit Angelsehne verbunden.
»Setzt euch«, sagt meine Mutter und pfeffert Teller und Besteck auf den Plastiktisch. Sie holt den Kuchen aus dem Kühlschrank und sagt: »Damit hier keine Missverständnisse aufkommen: Den Kuchen hat Paulina gemacht und nicht ich, ich kann nicht backen, überhaupt nicht.« (was stimmt)
Paul probiert und seine Augen klappen auf, so weit, dass ich

denke: Meine Güte, so viel hab ich von Pauls Augen garantiert noch nie gesehen.
»Ich möchte mich hinlegen«, schmatzt Paul. Mama und ich sind beide etwas unsicher, was das bedeuten soll, ich will grad sagen: Mach doch!, als Paul erklärt, dass sein Vater das sagt, wenn ihm irgendwas außerordentlich gut passt.
Ah so. Er sieht auf seine Herren-Quartzarmbanduhr und sagt: »Aber für Hinlegen haben wir jetzt keine Zeit, wir müssen los, Paulina.«

Wir laufen. An der großen Straße entlang, durch das Gewerbegebiet, vorbei an den Baumärkten, Discountern und Tankstellen, vorbei an dem verlassenen Möbelhaus und den Pizzalieferdiensten. Es ist irgendwie gut, dass man mit Paul nicht ständig über alles reden muss. Ich glaube, ich könnte ihm von alldem erzählen, aber ich muss nicht. Es geht auch so.
»Wo gehen wir eigentlich hin?«, frage ich.
»Nach McDonald's«, sagt Paul.
»Wie jetzt?«, frage ich.

»Da feiern wir.«
»Nicht dein Ernst.«
»Geil, ne?! Hab ich mir gewünscht.«
»Geburtstag feiern bei McDonald's?«
Ich sehe ein gelbgelbes Glück in Pauls Gesicht leuchten und denke: Phh, warum nicht. Schlimmer als normale Geburtstage kann's nicht werden.

»Du kannst alles bestellen, was du willst«, sagt der Mann, der Miguel heißt und Pauls Vater ist. »Und du natürlich auch, kleine Frau«, sagt er zu mir und zwinkert.
Paul bestellt. Für Allemann. Das sind: Er selbst, ich, Miguel und noch ein Mann, der etwas älter und dicker ist und einen gräulichen Bart hat und sich als Joachim vorstellt, und noch zwei Männer, die sich nicht vorstellen und auch an einem anderen Tisch sitzen, aber alles genau im Blick haben, die ganze Zeit. Sie unterhalten sich leise und gratulieren Paul, ansonsten sind sie ruhig und spielen auf ihren Handys rum. Joachim sieht nett aus, aber ich verstehe nicht, was er auf dieser, ähm, Geburtstagsfeier macht. Pommes, Burger,

Milchshakes, Cola, Fanta, Chickennuggets und Eis. Dips, Ketchup, Mayo, Strohhalme händeweise.
»Volle Ladung, voller Tisch, ich hab Geburtstag«, sagt Paul, als die Frau hinter dem Schalter uns die Tabletts rüberschiebt.
»Ah«, sagt sie, »du bist das, unser Geburtstagskind. Unsere Überraschung kommt gleich.«
Paul wippt in seinen Schritten, so habe ich ihn noch nicht gesehen. Ein Kolibri auf Koffein, das Lachen ist weit und gelb zwischen die Ohren gespannt, sein Gesicht sieht rot und gesund aus. Alle zwei Minuten tauschen Paul und sein Vater ihre Burger und kauen und schmatzen und unterhalten sich über diesen Nektar, diese Götterspeise, diese wunderbarste aller Erfindungen. Sie lächeln sich zu und irgendwann nimmt Miguel seinen Paul sehr fest und lange in den Arm und sagt: »Ich hab ein Geschenk für dich, ein richtig tolles Geschenk, aber das konnte ich noch nicht mitbringen, Paulchen, das ist noch untergebracht, ich brings das nächste Mal mit, okay?«
»Okay«, sagt Paul, »klar.«
Und Joachim sagt, er wisse schon, was es sei und Paul könne sich echt drauf freuen.
Ich versteh wirklich nicht, wer Joachim ist. Vielleicht ein Onkel oder so, aber er sieht ganz anders aus als Paul oder Miguel. Ich wundere mich überhaupt, warum Miguel Joachim und diese zwei Typen mitgebracht hat, die nur rumsitzen und mampfen und mit ihren dicken Fingern auf den winzigen Bildschirmen rumdrücken.
Warum hat Paul keine Freunde eingeladen, sondern sein Vater, es ist doch Pauls Geburtstag und nicht Miguels.

Wir sind irgendwie ein komischer Haufen in diesem Laden. Vier Männer und zwei Kinder. Miguel ist irgendwie ein bisschen da und ein bisschen nicht. Es ist, als würde er jede dritte Minute aussetzen, dann versinkt er kurz in sich und wir sind allein mit den drei merkwürdigen Männern und dem Tisch voller Essen in Pappschachteln, das hauptsächlich nach Ketchup schmeckt. Das ist alles etwas schräg, aber irgendwie interessant. Ich hab alles im Blick, außerdem macht Paul mich froh, er glüht und ist ganz hibbelig vor Glück. Das ist ein guter Tag, denke ich.

Und dann passiert es doch noch: Ein Clown kommt. Der Clown ist ein Zehntklässler mit vielen Pickeln, ich kenne ihn vom Schulhof. Er trägt das vollkommen alberne Ronald-McDonald-Kostüm und balanciert einen kleinen Kuchen an unseren Tisch.

Bitte nicht singen, denke ich, bitte jetzt nicht singen. Und zum Glück sagt der Clown nur:

Dann geht er. Glück gehabt.

»Wollt ihr Spiele?«, fragt Joachim und guckt Paul und mich abwechselnd an. Ich muss kurz und laut auflachen.

»Nee«, sagt Paul, »schon gut«, und schaufelt weiter Pommes in sich rein.

»Wie geht's dir, Paulchen?«, fragt Miguel. Er ist wahrscheinlich genauso alt wie Mama, aber er sieht müder aus als sie, er hat rote Augen und eine weiße Haut. Wenn er lächelt, hat er freundliche Falten um die Mundwinkel und er sitzt schräg auf seinem Stuhl.

»Gut, wirklich gut«, sagt Paul. »Kurt geht's auch gut. Paulina hat Schildkröten und wir sehen uns fast jeden Tag.«

»Wow, das ist schön«, sagt Miguel und lächelt mich an.

Joachim schneidet den Kuchen an und schiebt jedem ein Stück zu.

»Und wie geht's dir?«, fragt Paul.

Auch gut, sagt Miguel und lächelt und guckt Joachim an. »Na ja«, sagt er, »mal so, mal so. Aber im Moment ist alles gut.«

Er beißt in den Kuchen und hebt die Augenbrauen und sagt: »Geiler Kuchen, fehlt nur ein bisschen Ketchup!«

Und dann tunkt er seinen Kuchen in den Ketchup und beißt ab und macht: »Mmmh!«

Wir lachen alle, sogar die muffeligen Männer am Nebentisch, und ich denke: Das ist der merkwürdigste Kindergeburtstag, auf dem ich je gewesen bin. Ob mein Leben jetzt einfach so wird? Kuchen mit Ketchup, Lehrer mit Fliege, Mama mit Tränen und sprachlosen Beinen, ich mit Maulziplin und straffem Trainingsplan (Maulbeugen und Jogging, Maulstützen und Gymnastik), Leben in Plastikhausen, ein Maulsident ohne Maulreich, Gespräche, die mit okay anfangen und mit okay aufhören und zwischendrin überwiegend aus okay bestehen und trotzdem alles sagen, Geburtstag bei McDonald's, ein

Hund, der nicht knurren kann und ein komplizierter Maulftrag um den Mann ohne Namen und seine freundliche Fahrradbekanntschaft. Wird jetzt alles nur noch merkwürdig und anders sein? Schräg und komisch, anstrengend und neu und nie wieder normal?

Nach einer guten Stunde guckt Joachim auf die Uhr und sagt: »Jaaa, wir müssen dann mal.«

Er guckt Miguel an und dann Paul und er zwinkert und nickt und steht auf.

»Okay«, sagt Miguel.

»Okay«, sagt Paul.

»So ist das«, sagt Miguel.

»Ja, so ist das«, sagt Paul.

»Feier noch schön, mein Großer«, sagt Miguel.

»Klaro«, sagt Paul und grinst und die beiden nehmen sich in den Arm.
»Ich hab dich sehr lieb«, sagt Miguel.
»Ich dich auch, Papa«, sagt Paul.
Joachim gibt mir die Hand und nickt.
»Auf Wiedersehen, Paula«, sagt er.
Ich denke: Na ja, so ähnlich und sage: »Ja, auf Wiedersehen, Jürgen.«
»Tschüss, Miguel«, sage ich, »vielen Dank für die geilen Burger und so, war schön, dich kennenzulernen.«
»Ebenso, meine Verehrteste. Pass gut auf meinen kleinen Mann auf, ja?«
»Logisch. Ich brauch ihn noch, wir sind jetzt ein Team.«
»Ach so?!«, sagt er und sieht Paul mit großen Augen an.
»Nicht so«, sage ich, »Kollegen ... Ich warte draußen, Paul.«
»Okay«, sagt Paul.

Ich sitze auf dem traurigen Spielplatz, auf dem niemand spielt, und füttere Tauben mit Pommes-Resten. Irgendwann kommt Paul und setzt sich zu mir. Er wischt sich was aus den Augen.
»Alles okay?«, frage ich.
»Ja«, sagt Paul, »ja. Jetzt vermisse ich ihn ein bisschen. Is gleich wieder weg.«
»Is klar«, sage ich und gebe ihm ein paar Pommes zum Taubenfüttern.
Paul ist kein Mauler. Ich schätze, er hätte gute Gründe zum Maulen, aber er mault nicht. Er freundet sich an. Er ist ein Typ wie der General, ich werde die beiden einander vorstellen.

Sie passen gut zusammen. Der General erzählt gern und Paul hört zu wie kein Zweiter. Beide wissen Kuchen zu schätzen und finden sich schnell mit Regen und wegfahrenden Bussen und all dem Zeug ab, das mir den Maul kitzelt.

»Das war ein richtig guter Geburtstag«, sagt Paul. »Schön, dass du dabei warst. Und danke für den Kuchen und die Geschenke. Ich glaub, ’nen richtigen Kuchen hat noch nie jemand für mich gebacken.«

»Kein Ding«, sage ich und denke: Das ist es, was ich meine. Ich gucke Paul an, der einfach dasitzt, an den Pommes zupft, in Gedanken, und irgendwie in sich drin glücklich ist.

»Du bist jetzt übrigens auch offiziell Mitglied. Ich hab mit den anderen gesprochen.«

»Echt?«

»Klar. Willst du?«

»Auf jeden!«

»Herzlich willkommen«, sage ich und Paul nimmt mich in den Arm. Huch, denke ich, Paul!

»Danke«, sagt er.

Ich zucke mit den Schultern und gucke zwei Tauben zu, die um eine Pommes zanken.

»Wer ist eigentlich Joachim? Und wer sind die andern beiden?«, frage ich.

»Die beiden sind Wärter. Und Joachim ist der Betreuer von meinem Vater.«

»Wärter? Betreuer?«

»Ja, die müssen dabei sein, wenn wir uns sehen. Joachim ist ’n netter Typ. Mein Vater kommt gut mit ihm zurecht, er hatte auch schon welche, mit denen war das nicht so.«

»Wieso hat dein Vater denn 'nen Betreuer? Is er 'n Star, oder was?«
Paul grinst. »Nee, das nicht gerade, aber ohne dürfen wir uns nicht treffen.«
»Warum das denn?«
»Das is eben so.«
Ich höre Pauls Atem, der klingt wie Klimmzüge. Ich habe eine Gänsehaut und sage: »Okay.«
Zwischen unseren Schuhen fein zuckende Ketten von Ameisen. Hier und da ein verirrter Käfer, der von allem nichts weiß. Ich lasse mich zurückfallen, liege endlos flach auf dem Rücken und blinzele in das Gleißen der Sonne. Da ist das trockene Gras in meinem Nacken, ein Kitzeln in der Nase, das Weiß des hellen Himmels und das Knacken und Krächzen der Gegensprechanlage des McDrive. Meine linke Hand tastet blind nach Paul, findet seinen Unterarm.
Es is eben so.

23. Kapitel

Drohbrief

Das Ausmass der Zerstörung ist erheblich.

ALLES, WAS WICHTIG WAR, IST VERBRANNT UND KAPUTT.
IHRE FRAU IST SCHWER KRANK. SIE BRAUCHT IHRE HILFE.
IHRE TOCHTER IST STÄRKER, ALS SIE DENKEN. IHRE WUT IST HÖHER ALS DER MOUNT EVEREST, IHR ZORN KÖNNTE SIE ZERMALMEN WIE EIN DAUMEN EINE AMEISE – NUR DASS SIE UM IHRE LAGE WISSEN ...

DIES ist EIN DROHbrief.

SIE WERDEN AUFGEFORDERT ZU HANDELN.
SIE SOLLEN NICHT MIT DEN SCHULTERN WACKELN
FÜR ANDERE FRAUEN, SONDERN SICH KÜMMERN UM
DIE MENSCHEN, FÜR DIE SIE ZUSTÄNDIG SIND. DAS
MAULREICH IST NICHT IHR EIGENTUM. ZEIGEN SIE
SICH EINSICHTIG UND WIR KÖNNEN DAVON ABSEHEN,
SIE ZU BESTRAFEN.

SIE WISSEN NICHT, MIT WEM SIE ES ZU TUN HABEN.
SEIEN SIE FROH.
SIE KÖNNTEN NICHT MEHR SCHLAFEN.
UND NIE WIEDER LACHEN.

FortSeTZuNG Folgt...

Danke Jan Oberländer, der seit zehn Jahren jeden meiner Texte als Erster liest und mir jedes Wort im Kopf umdreht. Ping-Pong mit King Kong. / Sigríður Þóra Flygenring, die Lächerliches von Lustigem unterscheiden kann wie keine Zweite. / Alina Maulfred Poit für ihre große Geduld mit mir in allen Fragen der Maulberatung. / Beate Haas-Heinrich, weil du für mich wie eine Höhle bist. / Jette Heinrich, Höhlenmitbewohnerin, für dein großes Hirn. Und noch mehr für dein großes Herz. / Daniel Beskos, Stefanie Ericke, Carla Felgentreff, Andrea Herzog, Peter Reichenbach, Pauline Selbig, Natalie Tornai.

Goethe Institut Kopenhagen, Unesco Literaturstadt Reykjavík, Literaturbüro Lüneburg, MWK Niedersachsen für die spektakuläre Unterstützung und den einzigartigen Länderfinanzausgleich zwischen Deutschland, Island und Mauldawien.

Ausführliche Informationen über
unsere Autoren und Bücher
www.dtv.de

MIX
Papier aus verantwortungsvollen Quellen
FSC® C083411

2019 dtv Verlagsgesellschaft mbH & Co. KG,
München

Umschlag und Gestaltung: Rán Flygenring
Druck und Bindung: CPI books GmbH, Leck
Gedruckt auf säurefreiem, chlorfrei gebleichtem Papier
Printed in Germany • ISBN 978-3-423-62718-4

Eine großartige Abenteuergeschichte

Um ihre Schwester zu retten, wagt Siri, was unmöglich scheint: Im schier unendlichen Eismeer stellt sie sich Piratenkapitän Weißhaupt entgegen.